삶에
시가 없다면
너무 외롭지
않을까요

장석주 지음

포레스트북스

쓸쓸하다고 말하는 이들께
이 책을 바친다.

참으로 좋은 어른은 자기 혼자서만 성공적인 인생을 사는 어른이 아니라 다른 사람의 인생도 성공할 수 있도록 돕고 동행해주는 어른이라고 생각합니다. 특히 젊은 시절, 서툰 인생을 사는 청춘들의 인생을 돕고 안내하는 어른은 더욱 좋은 어른이라고 생각합니다. 여기 「대추 한 알」의 시인 장석주 선생이, 당신이 젊어서 삶이 곤곤하고 답답하고 다리 팍팍할 때, 읽어서 마음의 꽃다발이 되고 샘물이 되었던 시 작품들을 모으고 안내문을 달아서 책을 내었습니다. 이 책은 오늘날의 젊은 청춘들에게 충분히 좋은 인생의 길라잡이 역할을 해줄 것으로 믿습니다.

혼자서 외롭게 산길을 걷는 젊은이의 발걸음이여. 그대의 두려운 발걸음 아래 이미 산길을 간 누군가의 발걸음이 이미 있어 당신이 가고 있는 산길이 되었음을 부디 잊지 마시길. 그 산길이 바로 이 책에 실린 시 작품들이고 이 시를 읽어주는 시인의 마음이랍니다.

나태주(시인)

　　고양이가 오듯이 시가 왔다. 시는 고양이처럼 살금살금 왔지만 그건 깜짝 놀랄 만한 사건이고, 끔찍한 아름다움이 태동하는 순간이었다. 시는 생동하는 기쁨이자 살아야 할 이유였다. 시가 생의 복잡함을 헤치고 첫 번째로 달려오던 그 파릇하던 시절, 내 마음에는 티끌이나 불순함 따위는 단 한 점도 없었다. 그 시절 나는 열다섯 살, 열일곱 살, 스무 살이었지. 그러니 시 한 편을 얻을 때마다 기쁨으로 날뛰었겠지. 독자로 살아도 좋았으련만 꾸역꾸역 등단을 한 뒤 시를 업으로 삼고 난 뒤 시가 베푸는 원초의 기쁨과 의미도 덧없고 시들해졌다. 그 시절의 보람과 의미는 어디에서 찾을 수 있을까?

　　시가 내게 어떻게 왔던가. 릴케가 기쁨에 젖은 목소

리로 첫사랑을 노래하듯 나는 노래했을 거다. "사랑이 어떻게 너에게로 왔는가. / 햇살처럼 꽃보라처럼 / 또는 기도처럼 왔는가. // 행복이 반짝이며 하늘에서 몰려와 / 날개를 거두고 / 꽃피는 나의 가슴에 걸려온 것을……" 시는 햇살, 꽃보라, 기도였다. 시가 내 메마른 가슴에 빗방울과 씨앗을 뿌렸다. 내 가슴은 시로 인해 빛과 기쁨으로 가득 차고 내 외로움조차 화사해졌다. 오, 어머니가 말리셔도 소용없어요! 시가 세상 사는 데 아무 쓸모가 없다고 이르실 필요도 없어요. 어머니가 말려도 나는 꿋꿋하게 시를 쓸 테니까요!

　시가 교훈을 전하거나 목소리가 높을 이유는 없다. 시의 목소리는 속삭임이어야 하고, 시의 규모는 작을수록 좋다. 시가 삶과 우주에 대한 비범한 통찰과 언어의 발명이어야 한다고 하지는 않겠다. 시는 가난과 비루함을 강철같이 꿰뚫고, 우리를 늠름하게 단련하지 않으면 안 된다. 시는 싹트고 뻗고 솟구치고 춤추며 일상과 낡음을 무찔러 미래를 열어젖혀야 한다. 내가 사랑하고 추앙하던 시들을 한데 모았다. 이것은 시를 교재로 삼은 인생 수업이자, 마음의 기쁨을 위한 희귀한 것이고, 당신이 이제껏 겪지 못한 놀라움들일 것이다.

당신께 이 시집을 바친다, 당신이 외로움 위에 가만히 꽃다발을 얹듯이. 이제 당신이 이 시집을 기쁜 마음으로 읽을 차례다.

2024년 여름의 끝자락, 파주에서
저자 장석주

차례

○ **1장**
'괜찮다'는 말보다
더 깊고 진한 위로가 필요할 때

○ **2장**

**어느 날 고양이처럼
살금살금 다가온 문장들을 읽는다**

○ **3장**
**시란 그토록 무용하지만
우리를 계속 살아가게 만드는 것**

○ **4장**

어쩌면 시를 잊고 살았기 때문에
그토록 외로웠던 것일지도

○ 5장
**그래서 모든 날, 모든 순간에
저마다의 시가 있어야 한다**

1장

'괜찮다'는 말보다
더 깊고 진한 위로가 필요할 때

『풀잎』 서문 중에서

월트 휘트먼*Walter Whitman*

인생은 당신이 배우는 대로 형성되는 학교이다.

당신의 현재 생활은 책 속의 한 장에 지나지 않는다.

당신은 지나간 장들을 썼고, 뒤의 장들을 써나갈 것
이다.

당신이 당신 자신의 저자이다.

사람이 자기 조국을 사랑하는 것은 자연스러운 일
이다.

그러나 왜 국경에서 멈추는가?

모든 사람이 볼 수 있도록 당신의 사상을 하늘 위에

불로 새겨놓은 것처럼 그렇게 사고하라.

진실로 그렇게 하라.

온 세상이 단 하나의 귀만으로 당신의 말을 들으려
고 하는 듯이

그렇게 하라. 진실로 그렇게 하라.

당신의 모든 행위가 당신의 머리 위로 되돌아오는

것처럼 행동하라.

진실로 그렇게 하라.

땅과 태양과 동물들을 사랑하라, 부를 경멸하라.

원하는 모든 이에게 자선을 베풀어라.

어리석고 제정신이 아닌 일에 맞서라.

당신의 수입과 노동을 다른 사람을 위한 일에 돌려라.

신에 대하여 논쟁하지 말라.

사람들에겐 참고 너그럽게 대하라.

당신이 모르는 것, 알 수 없는 것 또는

사람 수가 많든 적든 그들에게 머리를 숙여라.

지식을 갖추지 못했으나 당신을 감동시키는 사람들,

젊은이들, 가족의 어머니들과 함께 가라.

자유롭게 살면서 당신 생애의 모든 해, 모든 계절,

산과 들에 있는 이 나뭇잎들을 음미하라.

학교, 교회, 책에서 들은 모든 것을 다시 검토하라.

당신의 영혼을 모욕하는 것은 무엇이든지 멀리하라.

왜 휘트먼의 『풀잎』을 그토록 좋아했을까? 그때 나는 지금보다 훨씬 젊었었다. 마치 광야를 내닫는 야수처럼 내 영혼은 날뛰었고 가망 없는 꿈은 컸다. 나는 사람들을 너그럽게 대하지 못하고, 누구에게도 머리를 숙이지 못했다. 가난의 구덩이 속에 빠진 가족과 어머니를 지긋지긋하게 여겼다. 아, 이 지옥에서 벗어날 수만 있다면!

그러던 차에 "사람들에겐 참고 너그럽게 대하라. / 당신이 모르는 것, 알 수 없는 것 또는 / 사람 수가 많든 적든 그들에게 머리를 숙여라. / 지식을 갖추지 못했으나 당신을 감동시키는 사람들, / 젊은이들, 가족의 어머니들과 함께 가라."라는 시를 읽었다. 뒤통수를 한 대 얻어맞은 듯 멍했다. 내 무지몽매함을 깨지는 못했지만 나는 겸손해지기로, 조금 더 고분고분해지기로 마음을 먹었다.

『풀잎』은 삶의 풍부한 경험에서 우러나오는 인생의 지혜를 담고 있다. 나는 이 시집을 가장 위대한 시집 중 하나로 꼽는 데 주저하지 않는다. 그만큼 다시 읽고 싶어지는 시집이다. 휘트먼의 시적 통찰은 이 장

시에서 빛난다. 그는 진실을 옹호하고 악에 용기 있게 맞서라고 한다. "땅과 태양과 동물들을 사랑하라, 부를 경멸하라." 이 확고한 지혜는 다 어디에서 왔는가? "자유롭게 살면서 당신 생애의 모든 해, 모든 계절, / 산과 들에 있는 이 나뭇잎들을 음미하라." 그렇다. 이것은 자연에서, 사람들 사이의 부대낌 속에서, 그리고 우리 본성의 깊은 데서 나온 지혜의 목소리다.

기러기

메리 올리버 *Mary J. Oliver*

착하지 않아도 돼.

참회하며 드넓은 사막을 무릎으로 건너지 않아도 돼.

그저 너의 몸이라는 여린 동물이 사랑하는 걸 사랑
하게 하면 돼.

너의 절망을 말해봐, 그럼 나의 절망도 말해주지.

그러는 사이에도 세상은 돌아가지.

그러는 사이에도 태양과 투명한 조약돌 같은 비가

풍경을 가로질러 지나가지,

초원들과 울창한 나무들,

산들과 강들 위로.

그러는 동안에도 기러기들은 맑고 푸른 하늘을 높이
날아

다시 집으로 향하지.

네가 누구든, 얼마나 외롭든

세상은 너의 상상에 맡겨져 있지,

저 기러기들처럼 거칠고 흥겨운 소리로 너에게 소리
치지 —

세상 만물이 이룬 가족 안에 네가 있음을

거듭거듭 알려주지.

메리 올리버는 미국 시인이다. 예술가들의 천국이라는 프로빈스타운에서 살며 날마다 숲과 바닷가를 거닐었고, 고통과 불안에 빠진 사람들을 위로하는 많은 시를 써냈다. 「기러기」를 처음 읽었을 때 눈이 번쩍 뜨이는 듯했다. 좋은 시를 발견할 때마다 그랬다. 어깨를 툭툭 두드리며 "네가 누구든, 얼마나 외롭든" 포기하지 말고 살아라, 라고 응원하는 듯했다. 우리 앞에는 천 개의 벼랑이 있고, 천 개의 벼랑을 넘으려면 천 개의 희망이 필요할 테다. 하지만 시는 현실에서 아무 쓸모도 없다. 시는 그토록 무용하지만 우리를 계속 살아가게 만드는 힘이 있다.

"착하지 않아도 돼"라는 첫 구절은 강렬하다. 모두가 이구동성으로 착한 사람이 되라고 말하니까. 이 말은 진부한 도덕에 맞서는 저항 정신의 일단을 보여주는 것이라고 생각한다. 누군가 사막을 무릎으로 기어가며 참회할 필요는 없다, 라고 말해준다면 살아가는 일이 훨씬 수월해질 거다.

젊었을 때 나는 벽에게 절망을 토로했다. 벽은 위로도 격려도 건네지 않은 채 단단한 침묵만을 보여주었다. 내가 불행했던 것은 내 절망을 얘기할 사람이 없었던 탓인지도 모른다. 누군가 다가와서 "너의 절망을 말해봐, 그럼 나의 절망도 말해주지."라고 말해준다면 나는 더 이상 패배감 속에서 비참하게 살지는 않았을 테다. 내 안에 있는 소규모의 절망들을 모조리 새로 만들어 멀리 날려 보냈을 테니까.

슬픔에 너를 맡기지 말라

오마르 하이얌*Omar Khayyám*

슬픔이 너를 지배하도록 내버려 두지 말라.

쓸데없는 근심이 너의 날들을

뒤흔들게 내버려 두지 말라,

책과 사랑하는 이의 입술을

풀밭의 향기를 저버리지 말라,

대지가 너를 그의 품에 안기 전에

어리석은 슬픔으로

너 자신을 너무 낭비하지 말라,

그 대신 축제를 열라,

불공정한 길 안에

정의의 예를 제공하라,

왜냐하면 이 세계의 끝은 무이니까,

네가 존재하지 않다고 가정하라,

그리고 자유롭다고.

어린 시절부터 이런저런 충고를 많이 들었다. 어른들은 내게 이렇게 살아라, 저렇게 살아라 참견했다. 나는 그런 충고를 고분고분 듣기보다는 반항하고 분개했다. 내가 성질이 고약했던 탓이다. 본디 살이 되고 피가 되는 충고는 약처럼 쓰기 마련이다. 인생을 낭비하지 말라는 게 이 시의 전언이다. 젊은 시절엔 왜 인생을 낭비하지 말아야 하는지를 모른다. 그랬으니 시간을 흥청망청 탕진해버리고 말았다. 살아 보니 어리석은 슬픔이나 근심에 휘둘리는 것은 인생을 사는 데 하등 도움이 되지 않는다는 걸 알겠다.

이제는 슬픔이 니를 지배하도록 내버려두지 않겠다. 쓸데없는 근심이 나의 날들을 흔들고 삼키도록 지켜보기만 하지 않을 테다. 무엇보다도 책과 연인의 키스, 풀밭의 향기를 가슴에 품고 살리라. 살아 있음을 축제로 여기며 삶의 끝이 무無임을 잊지 않으리라. 내 안에서 흘러나오는 어린 짐승의 목소리를 따르리라. 남이 건네는 충고보다는 내 뜻에 따라 자유롭게 살리라.

바다를 마주하고 따듯한 봄날에
꽃이 피네

내일부터는 행복한 사람이 되겠습니다

말에게 먹이를 주거나 장작을 패거나 세상을 돌아다

니겠습니다

내일부터는 양식과 채소에 관심을 기울이겠습니다

바다가 보이는 집, 따듯한 봄날 꽃이 핍니다

내일부터는 모든 친척들에게 편지를 쓰겠습니다

그들에게 나의 행복을 알리고

그 행복의 번뜩임이 내게 알려준 것들을

모든 이에게 알리겠습니다

모든 강줄기 모든 산봉우리들에게 이름을 지어주고

낯선 이들의 축복도 빌겠습니다

당신의 앞날이 찬란하길 바라고

당신에게 사랑하는 이가 있다면 부부가 되길 빌겠습

니다

당신이 이 티끌세상에서 행복하길 바랍니다

나는 그저 따듯한 꽃 피는 봄날 바다를 마주하길 바
랍니다

세상을 떠돌다가 바닷가 마을에 정착해 살고 싶었다. 바닷가 마을에 집 한 채를 구해 홀로 외동딸을 기르며 밤에는 동화를 들려주고 싶었다. 우체국이 하나 있고, 작은 도서관과 아침마다 새로운 빵을 구워내는 빵집이 있다면 작은 슬픔은 참을 수 있었으리라. 봄날이면 붉은 동백이 탐스럽게 꽃을 피우고, 나는 외동딸의 손을 잡고 바닷가를 걸어도 좋았으리라. 나는 혼자 중얼거리리. "내일부터는 행복한 사람이 되겠습니다"라고.

　편지를 쓴 지 참 오래되었다. 각박하게 사느라 누군가의 안부를 챙길 겨를이 없었다. 나는 늘 시간이 없다고 말했다. 먼 곳으로 여행을 떠나지 못하고, 손바닥만 한 텃밭조차 잘 건사하지 못했다. 실패와 시행착오가 잦았다. 꿈은 아득하고, 가난은 쓰라렸다. 늦었을지 모르지만 친척들에게 편지를 써서 그럭저럭 잘 살고 있다고 알리겠다. 강줄기와 산봉우리들에 이름을 지어주고, 모르는 사람에게도 이 티끌세상에서 무사하기를 빌겠다. 당신과 따뜻한 봄날 오렌지꽃 피는 바다에서 만나기를 꿈꾸겠다.

서정시

조지프 브로드스키 | *Joseph Brodsky*

2년 후
아카시아는 말라 죽고,
주가는 떨어지겠지,
세금도 올라 있겠지.
2년 후
방사능은 더 늘어날 거야.

2년 후
2년 후
2년 후
양복은 누더기가 되고,
진실은 가루가 되며,
유행은 바뀌어 있겠지,

2년 후
아이들은 애늙은이가 되어 있을 거야.
2년 후

내 목은 부러지고,

팔도 부러지고,

얼굴도 박살 나 있겠지.

2년 후

우리 결혼하자.

2년 후.

2년 후.

조지프 브로드스키는 소련이라고 불렀던 소비에트 사회주의 공화국 연방 출신의 시인이다. 1940년 구소련의 페테르부르크에서 유대계 러시아인으로 태어났다. 중학교를 자퇴한 후 공장, 시체 보관소, 선박 보일러실, 지질 탐사 현장을 전전하며 시를 썼다. 대학 교육을 받지 못한 그에게는 '길 위의 삶'이 곧 '대학'이었다. 청년 브로드스키는 세 번이나 체포를 당한 뒤 정신병원 감금, 북극 강제 노동형을 거쳐서 조국에서 영구 추방되었다. 시민권을 박탈당한 채 유럽행 비행기에 탑승한 브로드스키의 여행 가방에는 타이프라이터와 보드카 두 병, 영국 시인 존 던*John Donne*의 시집이 들어 있었다. 사회주의 공화의 '기생충'이란 죄명을 뒤집어쓰고 추방된 뒤 미국에 망명해서 시작 활동을 하는데, 1987년 높은 문학성을 인정받아 노벨문학상을 수상한다.

「서정시」는 "2년 후"가 가져오는 변화를 그리는 시다. "2년 후"는 아주 가까운 미래이긴 하지만 세상이 천지개벽하듯이 바뀌는 데 부족하지 않은 세월이다. 주가는 떨어지고, 세금은 올라간다. 방사능은 더 늘고, 양복은 헐어 누더기로 변한다. 아이들이 애늙은이가 되어버리기에도 부족하지 않을 테다. 누군가는 목이 부러지고 팔도 부러지고 머리는 박살날지도 모른다. 2년 후의 미래가 아주 나쁠 것이라는 우리 안의 불안한 예감은 여지없이 맞아떨어진다. 2년 뒤 죽을지도 모르는데, 그때 결혼하자는 연인들의 약조는 얼마나 슬프고 허망한가.

나와 나타샤와 흰 당나귀

가난한 내가

아름다운 나타샤를 사랑해서

오늘밤은 푹푹 눈이 나린다

나타샤를 사랑은 하고

눈은 푹푹 날리고

나는 혼자 쓸쓸히 앉어 소주를 마신다

소주를 마시며 생각한다

나타샤와 나는

눈이 푹푹 쌓이는 밤 흰 당나귀 타고

산골로 가자 출출이 우는 깊은 산골로 가 마가리에
살자

눈은 푹푹 나리고

나는 나타샤를 생각하고

나타샤가 아니올 리 없다

언제 벌써 내 속에 고조곤히 와 이야기한다

산골로 가는 것은 세상한테 지는 것이 아니다
세상 같은 건 더러워 버리는 것이다

눈은 푹푹 나리고
아름다운 나타샤는 나를 사랑하고
어데서 흰 당나귀도 오늘밤이 좋아서 응앙응앙 울을
것이다

백석은 1912년 7월 1일 평북 정주에서 아버지 백시박과 어머니 이봉우 사이에서 3남 1녀 중 장남으로 태어난다. 본명은 백기행이고, 백석白石은 그의 호다. 고향 정주에서 오산고보를 졸업하고, 일본 아오야마학원 전문부 영어사범학교에 유학을 갔다 돌아온다. 영어, 프랑스어, 독일어, 러시아에 능통한 댄디보이였던 그는 1935년 초기작 33편을 실은 첫 시집 『사슴』을 100부 한정판으로 발간하며 큰 화제를 낳는다.

「나와 나타샤와 흰 당나귀」는 나타샤, 당나귀, 산골, 마가리, 고조곤히, 응앙응앙 같은 어휘들로 이루어진 백석의 절창 중 하나다. 이 시는 첫눈 올 때 혼자 소리 내어 낭송하기에 좋다. 내 귀가 듣기 좋아하는 "어데서 흰 당나귀도 오늘밤이 좋아서 응앙응앙 울을 것이다"라는 마지막 구절은 슬프면서도 아름답다.

연인을 기다리며 쓴 시가 전하는 서사는 단순하다. 시인은 눈발이 쏟아지는 겨울밤에 산골로 가서 같이 살기로 약조한 연인을 기다리며 소주를 마시는 중이다. 그 심경은 쓸쓸하고 초조하며 비장하기도 했을 테다. 눈발은 그치지 않고, 연인은 밤늦도록 오지 않는다. 나타샤가 오지 않는다면 낭패하고 말 테다. 시인은 제가 세상과의 싸움에서 실패했다는 사실을 받아들이지 못한 채 버틴다. 결국 그를 버티게 한 원동력은 "산골로 가는 것은 세상한테 지는 것이 아니다 / 세상 같은 건 더러워 버리는 것이다"라는 드높은 자존심이라는 게 드러난다.

소년

윤동주

여기저기서 단풍잎 같은 슬픈 가을이 뚝뚝 떨어진다. 단풍잎 떨어져 나온 자리마다 봄을 마련해 놓고 나뭇가지 위에 하늘이 펼쳐 있다. 가만히 하늘을 들여다보려면 눈썹에 파란 물감이 든다. 두 손으로 따뜻한 볼을 쓸어보면 손바닥에도 파란 물감이 묻어난다. 다시 손바닥을 들여다본다. 손금에는 맑은 강물이 흐르고, 맑은 강물이 흐르고, 강물 속에는 사랑처럼 슬픈 얼굴一 아름다운 순이順伊의 얼굴이 어린다. 소년은 황홀히 눈을 감아 본다. 그래도 맑은 강물은 흘러 사랑처럼 슬픈 얼굴一 아름다운 순이의 얼굴은 어린다.

윤동주의 시 중에서 덜 알려진 이 시를 아껴가며 읽었다. 소년은 어린 새싹, 봄, 파란 물감, 순수 자체다. 물론 소년을 봄, 성년을 가을이라는 계절로 은유한 걸 독창적이라 할 수는 없다. 그것은 밋밋한 상상의 결과일 뿐이다. 시인은 가을 속에 서 있는 소년을 발견하는데, 소년은 가을이 그렇듯이 슬픔의 존재다. 하늘을 올려다보면 눈썹에 파란 물감이 든다고 말하는 사람은 색채에 매우 예민한 감각을 가진 사람일 테다. 파란 물감은 색채 감각의 차원에서 보자면 어쩐지 슬픔의 색채일 것만 같다.

시작의 설렘은 많지만 끝의 무상함은 모르는 게 소년 시절이다. 맑고 슬픈 얼굴을 가졌던 소년 시절이 끝나면 소년 안의 어린 짐승은 죽는다. 안타까운 일이다. 내게도 "눈썹에 파란 물감이 드는" 소년 시절이 있었을까. 가을 하늘에서 아름다운 순이 얼굴이 어리는 것을 본 것도, 풀숲에 숨은 새집을 찾고 하얀 새알을 훔치던 악동 시절도 지나간다. 그건 먼 옛날의 일이다. 소년이 끝나면서 우리는 인생의 피로를 맛본다. 피로는 소년의 일이 아니라 인생에서 숱한 실패를 겪은 뒤

만나는 어른의 일인 탓이다. 피로해진다는 것은 피로 속에 자신을 가만히 쓰러트리는 것, 즉 세속의 악에 꺾인 채로 서서히 생명의 쇠락을 겪는다는 뜻이다.

내 마음을 아실 이

김영랑

내 마음을 아실 이
내 혼자 마음 날같이 아실 이
그래도 어데나 계실 것이면

내 마음에 때때로 어리우는 티끌과
속임 없는 눈물의 간곡한 방울방울
푸른 밤 고이 맺는 이슬 같은 보람을
보밴 듯 감추었다 내어 드리지

아! 그립다
내 혼자 마음 날 같이 아실 이
꿈에나 아득히 보이는가

향 맑은 옥돌에 불이 달아
사랑은 타기도 하오련만
불빛에 연긴 듯 희미론 마음은
사랑도 모르리 내 혼자 마음은.

누군가를 사랑하는 마음은 저 혼자 타오르는 마음이다. 불에 덴 듯 아프지만 그 고통은 달콤하기도 할 것이다. 스물 너머 한 사람을 연모하며 사랑이 무엇인지를 어렴풋이 알았다. 앉으나 서나 마음에 둔 한 사람을 잊을 수 없었다. 공연히 설레고, 공연히 슬퍼했다. 누구나 사랑에 빠지면 속수무책이다. 제 마음을 어쩌지 못하니, 마음은 제멋대로 나대며 춤을 추는 것이다.

「내 마음을 아실 이」는 사랑에 빠진 이의 마음을 정조준한다. 사랑에 빠진 마음이 "향 맑은 옥돌에 불이 달아" 타오른다고 노래한다. 누군가를 혼자 사랑하는 마음은 저 깊은 산골짝 오지 같이 외로울 테다. 응달진 곳에도 봄볕이 누리를 데우면 꽃들이 피었다가 진다. 봄꽃은 저 멀리 있는 누군가를 향한 그리움이다. 아, 어딘가에는 내 마음을 아실 이도 있을까? 그 마음을 당신은 꿈에나 아득히 바라볼까? 내 마음을 나보다 더 잘 아실 이는 기어코 나를 사랑한 사람이다. 지금 이 세상 어딘가에 내 마음 아실 이가 있을까.

새

프랑시스 퐁주 *Francis Ponge*

가는 화살 또는 짧고 굵은 투창,

지붕 모서리를 에둘러가는 대신,

우리는 하늘의 쥐, 고깃덩이 번개, 수뢰,

깃털로 된 배, 식물의 이,

때로 높은 가지 위에 자리 잡고,

나는 그곳을 엿본다, 어리석고,

불평처럼 찌부러져서……

새는 몸통이 깃털로 뒤덮이고, 폐호흡을 하는 정온 동물이다. 한 쌍의 날개와 한 쌍의 다리를 갖고 알을 낳는다. 흔히 조류鳥類라고 한다. 이들은 공중에서 활강하는 능력을 진화시킨 날짐승이다. 공중을 활강하는 새들을 바라보면 내 가슴은 마구 뛴다. 상승 기류를 타고 포르릉 포르릉 나는 새들을 보며 늘 경탄한다. 자연의 법칙을 따르는 저 경이로운 존재들이라니. 이 사랑스럽고 하염없는 존재들은 어디에서 왔는가? 한 시인은 새를 두고 "가는 화살 또는 짧고 굵은 투창"이라고 노래한다.

새들이 골다공증 환자라는 소문은 파다하다. 그러거나 말거나 새들은 공중을 왕자처럼 지배하고 주름잡는다. 이 푸른 궁륭의 왕자들, 가장 작은 분뇨 제조기, 조그맣게 설계된 혈액 보관함, 무소유의 실천자, 하늘에 뜬 작은 연들, 춤추는 발레리나들, 예금 잔액이나 국민연금 따위에는 신경조차 쓰지 않는 대인배들. 다른 소문에 따르면, 새들은 "하늘의 쥐, 고깃덩이 번개, 수뢰, 깃털로 된 배, 식물의 이" 이외에는 아무것도 아니라고 한다.

내가 제일 예뻤을 때

이바라기 노리코 茨木のり子

내가 제일 예뻤을 때
거리마다 와르르 무너지고
엉뚱한 곳에서
푸른 하늘 같은 게 보이곤 했다

내가 제일 예뻤을 때
곁에 있던 사람들이 숱하게 죽었다
공장에서 바다에서 이름도 없는 섬에서
나는 멋 부릴 기회를 잃어버렸다

내가 제일 예뻤을 때
누구도 정다운 선물을 주지는 않았다
남자들은 거수경례밖엔 알지 못했고
서늘한 눈길만을 남긴 채 죄다 떠나버렸다

내가 제일 예뻤을 때
내 머리는 텅 비어 있었고

내 마음은 꽉 막혔으며

손발만이 짙은 갈색으로 빛났다

내가 제일 예뻤을 때

우리나라는 전쟁에 졌다

그런 멍청한 짓이 또 있을까

블라우스 소매를 걷어붙이고 비굴한 거리를 마구 걸

었다

내가 제일 예뻤을 때

라디오에선 재즈가 흘러나왔다

금연 약속을 깨뜨렸을 때처럼 비틀거리면서

나는 이국의 달콤한 음악을 탐했다

내가 제일 예뻤을 때

나는 몹시도 불행했고

나는 몹시도 모자란 사람

나는 무척이나 쓸쓸했다

그래서 다짐했다 되도록 오래오래 살자고 될 수만
있다면 오래 살기로
나이 먹어서도 아름다운 그림을 그린
프랑스의 루오 영감님처럼 말이지

내 인생에서 가장 아름다웠던 시절은 언제였던가? 그때가 언제였는지 도무지 알지 못하는 까닭은 아무도 내가 가장 아름답다고 일러준 적이 없었던 탓이다. 슬프다, 인생의 아름다운 시절을 놓쳐버렸다는 사실이. 나는 젊지 않고, 인생의 가장 아름다운 시절은 지나갔다. 진실을 말하자면, 다가오는 미래는 어둡고 괴로우며 오직 지나간 시절만이 아름답다.

이바라기 노리코는 일본 시인이다. 1926년에 태어났으니 일본 제국주의가 태평양전쟁에 열을 올릴 때 인생의 황금기를 맞았을 테다. 「내가 제일 예뻤을 때」는 찬란한 시절을 전쟁에 송두리째 빼앗겨버린 슬픔이 고스란히 느껴지는 시다. 전쟁통에 사람들이 마구 죽어나가고 거리는 폭격으로 폐허로 변했다. 일본 제국주의는 패전국이라는 낙인이 찍힌 채 나락으로 떨어졌다. 패전국 소녀는 라디오에서 흘러나오는 재즈를 탐했다. 인생의 아름다운 시기에 누구도 노리코에게 아름답다거나 다정한 말을 건네지 않았다. 혼자 아름다운 그림을 남긴 프랑스의 루오 영감님을 가슴에 품었을 뿐이다. 노리코는 한국어와 윤동주 시인을 사랑했다. 그리고 많은 이들을 전쟁의 불행에 빠뜨린 일본 제국주의 시민이라는 걸 부끄러워했다고 고백한 최초의 일본 시인이다.

병원

윤동주

살구나무 그늘로 얼굴을 가리고, 병원 뒤뜰에 누워, 젊은 여자가 흰옷 아래로 하얀 다리를 드러내놓고 일광욕을 한다. 한나절이 기울도록 가슴을 앓는다는 이 여자를 찾아오는 이, 나비 한 마리도 없다. 슬프지도 않은 살구나무 가지에는 바람조차 없다.

나도 모를 아픔을 오래 참다 처음으로 이곳에 찾아왔다. 그러나 나의 늙은 의사는 젊은이의 병을 모른다. 나한테는 병이 없다고 한다. 이 지나친 시련, 이 지나친 피로, 나는 성내서는 안 된다.

여자는 자리에서 일어나 옷깃을 여미고 화단에서 금잔화 한 포기를 따 가슴에 꽂고 병실 안으로 사라진다. 나는 그 여자의 건강이—아니 내 건강도 속히 회복되기를 바라며 그가 누웠던 자리에 누워본다.

윤동주 시인 자신도 이 시를 아꼈던 것 같다. 어느 글에선가「병원」을 제 첫 시집의 제목으로 점찍었다는 얘기를 언급했다. 애석하게도 그토록 고대하던 첫 시집은 죽은 뒤에야 나올 수 있었다.

「병원」을 처음 읽었을 때의 기분이 떠오른다. 병원 뒤뜰, 살구나무 그늘, 젊은 여자, 흰옷 아래로 드러낸 하얀 다리…… 이런 창백한 이미지들의 연쇄 속에서 청년의 순수한 에로티시즘을 얼핏 드러낸다. 시를 읽는 내내 마음이 안쓰러웠는데, 그것은 고작해야 스물을 갓 넘긴 젊은 시인이 쓴 시에 피로감과 병의 그림자가 짙었기 때문이다.

어쩐 일인지 젊은 시인은 아픔을 오래 참았다고 고백한다. 병원이란 아픈 사람의 공간이다. 병원 뒤뜰에서 일광욕을 하고 있는 창백한 안색의 젊은 여자를 지나쳐 늙은 의사를 만난다. 늙은 의사는 젊은이의 병을 모른다. 아픈데 병이 없다고 한다. "이 지나친 시련, 이 지나친 피로"가 청년 지식인이 앓는 병의 정체이다. 이 병은 조국이 식민지로 전락한 데 따른 중압에서 오는 것이라고 짐작할 수도 있을 테다. 그리고 청년은

젊은 여자의 건강과 자신의 건강이 속히 회복되기를

바라는 마음으로 살그머니 살구나무 그늘이 드리운

자리에 가만히 누워보는 것이다.

봄비

김소월

어룰없이 지는 꽃은 가는 봄인데
어룰없이 오는 비에 봄은 울어라.
서럽다, 이 나의 가슴 속에는!
보라 높은 구름 나무의 푸릇한 가지.
그러나 해 늦으니 으스름인가.
애달피 고운 비는 그어 오지만
내 몸은 꽃자리에 주저앉아 우노라.

봄은 꽃 피는 계절이지만 누군가에게는 꽃이 '어룰 없이' 지는 계절이다. 누군가는 꽃에서 기대와 설렘을 느낄 테지만 누군가는 덧없음과 공허를 기어코 느낄 테다. 소월의 시를 읽으면서 늘 청승맞다고 생각했다. 청승은 칙칙하다. 하지만 나이가 드니 "애달피 고운 비는 그어 오지만 / 내 몸은 꽃자리에 주저앉아 우노라" 하는 시인의 심정에 내 마음의 쓸쓸한 한 자락을 겹쳐 공감하게 되었다.

소월의 본명은 김정식. 한반도의 서북 지역인 평안북도 정주 출신으로 공주 김가 장손이다. 배재고보를 나와 일본 유학까지 다녀오며 문중의 기대를 한 몸에 받지만 거기에 부응하지 못했다. 높은 구름 찌르는 나무의 푸릇한 가지같이 이상이 높았으나 현실의 벽은 높았다. 벽에 부딪쳐 날갯죽지가 꺾이고 피를 흘렸다. 일제강점기 때 고향에서 신문지국을 경영하고, 고리대금업에도 손댔지만 그마저도 여의치 않았다. 소규모 사업마저 실패한 뒤엔 음주에 젖은 채 생활 무능력자로 빈둥거렸다. 사람들이 등 뒤에서 손가락질하며 수군댔을 테다. 생활고와 생의 덧없음이 키운 설움은

깊어 한이 되고 독이 되었던가. 그래서 애달피 고운
비 올 때 시인은 꽃자리에 주저앉아 울었던가. 소월은
꿈을 펼쳐보지도 못한 채 서른두 살에 다량의 아편을
삼키고 설움 많은 생을 끊었다.

그리움

이용악

눈이 오는가 북쪽엔
함박눈 쏟아져 내리는가

험한 벼랑을 굽이굽이 돌아간
백무선 철길 우에
느릿느릿 밤새어 달리는
화물차의 검은 지붕에

연달린 산과 산 사이
너를 남기고 온
작은 마을에도 복된 눈 내리는가

잉크병 얼어드는 이러한 밤에
어쩌자고 잠을 깨어
그리운 곳 차마 그리운 곳

눈이 오는가 북쪽엔
함박눈 쏟아져 내리는가

회색빛 하늘에서 푸슬푸슬 흰 눈이 날리면 나도 모르게 "눈이 오는가 북쪽엔 / 함박눈 쏟아져 내리는가"라고 혼자 중얼거린다. 북쪽이 어디인지는 가늠조차할 수 없다. 그저 발길이 가 닿을 수 없는 먼 곳이라고여긴다. 내 존재의 끝 간 데 없는 곳에 북쪽 마을이 자리하고 있을 테다. 먼 고장에 함박눈 내리고, 밤새 달리는 화물차의 지붕 위에도 흰 눈이 쌓인다. 그 밤에누군가는 얼어드는 잉크병을 품에 안고 그리운 연인에게 편지 몇 줄 쓰고 있을 테다.

그리움이 무엇인가를 알려면 부디 「그리움」이라는시를 읽어보시라. 이용악은 그리움의 실감을 감각적체험으로 되돌려준다. 북쪽 마을엔 밤새 함박눈이 내리는가. '나'는 어쩌자고 먼 곳으로 떨어져 나와 잉크병 얼어드는 겨울밤에 홀로 잠 못 들고 차마 그리운그곳을 그리워하는가. 그리움이란 지금 여기에 없는것을 마음으로 끌어당겨 그윽하게 응시하는 것이다.실물 없는 정염은 가슴에서 저 혼자 고적하게 타오른다. 그리움이란 살갗을 아무리 가까이 대어 봐도 뜨겁지 않은 불인 것이다.

파랑새

한하운

나는
나는
죽어서
파랑새가 되어

푸른 하늘
푸른 들
날아다니며

푸른 노래
푸른 울음
울어 예으리

나는
나는
죽어서
파랑새가 되리

한하운은 1920년 함흥시의 유복한 양반가에서 태어났다. 그러나 한센병으로 불우하게 살다가 죽었다. 함흥제일고등보통학교를 나와 이리농림학교를 거쳐 일본 유학을 다녀온다. 1943년 함경남도청 축산과 공무원으로 일하다가 1944년 열일곱 살 때 얻은 한센병을 치료하기 위해 사직한다. 1949년 잡지《신천지》에 나병환자가 겪는 고통과 슬픔을 노래한 「전라도 길」을 포함한 시 열세 편을 내놓으면서 깜짝 주목을 받는다. 1949년에 첫 시집 『한하운시초』를 펴내고, 1975년 쉰넷의 나이에 나환자로 육신이 썩고 무너지는 천형天刑의 삶을 마친다.

"가도 가도 황톳길 / 숨 막히는 더위뿐이더라"(「전라도 길」)라는 구절에서 붉은 황톳길은 가도 가도 끝이 보이지 않는 형극의 여정을 암시한다. 「파랑새」에서는 단순한 리듬으로 죽어서 파랑새가 되겠다는 소망을 노래한다. 죽어서 파랑새가 되길 꿈꾸는 인간이라니, 시인은 병든 육신의 구속에서 풀려나 파랑새처럼 자유롭게 날기를 소망했을 테다. 한센병에 갇힌 육신을 끌고 가야만 하는 시인에게 그 꿈은 아득하고 불가능한 일이다. "푸른 하늘 / 푸른 들 / 날아다니며", "푸른 노래 / 푸른 울음 / 울어 예으리", 이것이 파랑새에 빙의되어 노래한 소망의 전부였으리라.

나는 세상 모르고 살았노라

김소월

"가고 오지 못한다"는 말을
철없던 내 귀로 들었노라
만수산 올라서서
옛날에 갈라선 그 내님도
오늘날 뵈올 수 있었으면

나는 세상 모르고 살았노라
고락에 겨운 내 입술로는
같은 말도 조금 더 영리하게
말하게도 지금은 되었건만
오히려 세상 모르고 살았으면!

"돌아서면 무심타"는 말이
그 무슨 뜻인 줄을 알았으랴
제석산 붙는 불은 옛날에 갈라선 그 내님의
무덤엣풀이라고 태웠으면!

「나는 세상 모르고 살았노라」는 밴드 송골매 1집 수록곡 「세상 모르고 살았노라」의 가사로 차용되어 대중에게 널리 알려진 김소월의 시다.

인생의 시간은 덧없이 흘러가고, 사랑하는 임은 한번 엇갈리면 다시 만나기 힘들다는 데서 비롯한 멜랑콜리가 우리 무의식의 정서를 자극하는 시다. 인생의 고락에도 불구하고 아이들은 세상을 모른 채 까르륵거린다. 그런 까닭에 아이들은 철부지다. 장난꾸러기다. 청맹과니다. 두려움을 모른 채 막무가내로 나대는 아이들은 존재의 탄성으로 가득 찬 생명체이고, 존재의 피로감을 모르는 천진난만한 악동이다. 이런 아이들을 누가 말릴 수 있겠는가? "나는 세상 모르고 살았노라"는 선언은 세속의 때에 물들지 않은 아이들의 순정함과 맑음을 얼핏 보여준다. 세상을 모른다는 것은 세상사에 두루 무심하다는 뜻과 영악한 처세의 기술을 익히는 일엘랑 관심조차 두지 않는다는 뜻이 섞여 있다.

"가고 오지 못한다"는 무슨 뜻일까? 세상 모른 채 천진했던 어린 시절이 속절없이 가버리면 다시 돌아오지 않는다는 뜻으로 읽히기도 한다. 다른 한편으로 "옛날에 갈라선 그 내님"이라는 구절에 의하면 그건 헤어져 떠난 님이 다시 돌아오지 않는다는 뜻도 겹쳐 진 듯하다.

울음이 타는 가을 강

박재삼

마음도 한자리 못 앉아 있는 마음일 때,
친구의 서러운 사랑 이야기를
가을 햇볕으로나 동무 삼아 따라가면,
어느새 등성이에 이르러 눈물나고나.

제삿날 큰집에 모이는 불빛도 불빛이지만
해질녘 울음이 타는 가을 강을 보것네.

저것 봐, 저것 봐
네 보담도 내 보담도
그 기쁜 첫사랑 산골 물소리가 사라지고
그 다음 사랑 끝에 생긴 울음까지 녹아나고
이제는 미칠 일 하나로 바다에 다 와 가는
소리 죽은 가을 강을 처음 보것네.

박재삼은 울음의 감각화로 특화된 세계를 보여준 시인이다.「울음이 타는 가을 강」에서 '나'는 친구의 첫사랑에 얽힌 이야기를 들으며 "가을 햇볕으로나 동무 삼아 따라"간다. 친구의 첫사랑 얘기는 가을 햇볕의 화사함과 결합해 반짝인다.

　'나'는 친구의 첫사랑 얘기가 일으킨 감흥에 푹 젖어 있다가 "어느새 등성이에 이르러 눈물"이 난다. 왜 눈물이 났을까? 제 첫사랑을 고백하는 화자와 청자의 구별은 무의미하다. 친구가 밝힌 첫사랑의 곡절이 '나'의 경험으로 전이되었던 탓이리라. 눈물은 햇볕을 만나 영롱한 빛을 뿜어내는데, 그 영롱함은 다시 "울음이 타는 가을 강"으로 옮겨간다. 저물며 빛나는 가을 햇볕과, 첫사랑의 기쁨과 슬픔의 회오리는 하나로 어우러져 녹아난다. 날이 저무는 가운데 고즈넉함을 품은 채 가을 강에 닿는다. 뉘엿뉘엿 해 지고 땅 그림자가 내려오는 순간 "울음이 타는 가을 강"은 "제삿날 큰집에 모이는 불빛"과 견줘지며 사방을 환하게 밝힌다. 박모薄暮는 찬연한 빛을 반사하며 번쩍거리는데, 그것은 그늘이 머금은 환한 빛이고, 슬픔 속에서 찾아낸

한 조각의 기쁨일 테다. 이 풍경을 감싸는 밝은 명도가 어느덧 '나'의 마음으로 옮겨와 자리를 잡는다. 외부 풍경과 마음이 하나로 꿰어져 상통하는 이 절묘한 전환으로 이 시는 우리가 잊을 수 없는 절창 중 하나가 되었다.

시는 심상한 것의 심상치 않은 발견이다.

아무 발견도 머금지 못한 시라면 밋밋하고 무미한 말의

무더기일 테다. 무심히 지나치는 익숙한 것에서

낯선 사유를 끄집어내는 게 시인이다.

2장

어느 날 고양이처럼

살금살금 다가온 문장들을 읽는다

진정한 여행

나즘 히크메트 *Nâzım Hikmet*

가장 훌륭한 시는 아직 쓰이지 않았다.

가장 아름다운 노래는 아직 불려지지 않았다.

최고의 날들은 아직 살지 않은 날들

가장 넓은 바다는 아직 항해되지 않았고

가장 먼 여행은 아직 끝나지 않았다.

불멸의 춤은 아직 추어지지 않았다.

가장 빛나는 별은 아직 발견되지 않은 별

무엇을 해야 할지 더 이상 알 수 없을 때

그때 비로소 진정한 무엇인가를 할 수 있다.

어느 길로 가야 할지 더 이상 알 수 없을 때

그때가 비로소 진정한 여행의 시작이다.

한때 목수가 되고 싶었다. 은행원이나 건축가가 되고 싶기도 했다. 한때 내 영혼을 타오르게 만든 것은 화가의 꿈이었다. 살아 보니 인생이란 제 마음먹은 대로 되는 게 아니다. 나는 언어를 주물러 시를 빚는 시인으로 한 생을 살았다.

　"가장 훌륭한 시는 아직 쓰이지 않았다"라는 첫 구절에서 먹먹해지곤 했다. 이토록 감미로운 시를 쓴 나즘 히크메트는 튀르키예 출신의 시인이다. 청년 시절 러시아 혁명 시인 마야콥스키*Mayakovsky*의 영향 아래 시를 쓰기 시작하지만 생애는 순탄하지만은 않았다. 정치적 이유로 박해를 받고 국적을 박탈당하기도 했다. 시인은 제 조국에서 쫓겨나 떠돌다가 모스크바에서 심장마비로 쓸쓸하게 죽었다.

　나즘 히크메트의 시에서 나는 위안과 깨우침을 얻는다. 나는 열다섯 살이 됐을 때부터 시를 쓰기 시작했고, 첫 시집에는 열아홉 살 때 쓴 시들이 다수 실려 있다. 천여 편의 시를 썼지만 단 한 편도 완벽하다고 느낀 적이 없다. 누군가 '어떤 시가 대표작이에요?'라고 물을 때 늘 '제 대표작은 미래에 쓸 작품 중에 있을 거예요'라고 말한다. 그렇다. 불멸의 춤은 아직 추어지지 않았고, 가장 빛나는 별은 아직 발견되지 않은 별이다. 그러니까 '진정한 여행'이란 길을 잃었을 때, 어디로 가야 할지 가늠하기 어려운 순간에서야 비로소 시작되는 법이다.

사랑에 대하여

칼릴 지브란*Khalil Gibran*

사랑이 그대를 부르거든 그를 따르라. 비록 그 길이 힘들고 가파를지라도.

사랑의 날개가 그대를 감싸안거든 그에게 온몸을 내 맡기라. 비록 그 날개 속에 숨은 칼이 그대를 상처 입 힐지라도.

사랑이 그대에게 말할 때는 그 말을 신뢰하라. 비록 북풍이 정원을 폐허로 만들 듯 사랑의 목소리가 그대 의 꿈을 뒤흔들어 놓을지라도.

사랑은 그대에게 영광의 관을 씌워 주지만, 또한 그 대를 십자가에 못 박기도 하는 것이기에. 사랑은 그대 를 성장하게 하지만, 또한 그대를 꺾어 버리기도 하는 것이기에.

사랑은 그대의 꼭대기로 올라가 햇빛을 받으며 떠는

가장 연한 가지를 어루만져 주지만, 또한 그대의 가장 낮은 곳에서 대지에 뿌리내리지 못하도록 흔들어대기도 하기에.

　사랑은 마치 곡식 단을 거두듯 그대를 자기에게로 거두어들인다.
　사랑은 그대를 타작해 알곡으로 만들고, 그대를 키질해 껍질들을 털어 버린다.
　또한 사랑은 그대를 갈아 흰 가루로 만들고, 부드러워질 때까지 그대를 반죽한다.
　그런 다음 신의 성스런 향연을 위한 신성한 빵이 될 수 있도록 자신의 성스런 불꽃 위에 그대를 올려놓는다.

사랑만큼 이러쿵저러쿵 많은 말들이 붕붕거리는 경우도 드물다. 새겨들을 만한 옳은 소리도 있고, 흘려들어야 할 터무니없는 소리도 있다. 사랑에 대해 다들 한마디씩 거들고 나서는 까닭은 저마다 사랑을 알 만큼 알고 있다고 믿기 때문이다. 하지만 누구도 사랑을 다 알 수는 없다. 사랑은 우리를 시험에 들게 하고, 우리를 알 수 없는 곳으로 이끌어 간다.

사랑은 우리 존재를 타작한다. 그 결과로 우리 안에 숨었던 알곡들이 낱낱이 드러난다. 사랑은 우리의 생명 자본이자 미지의 가능성이다. 한편으로 그것은 위험한 것이기도 하다. 사랑은 종종 소동을 빚으며 존재의 중심을 꿰뚫고 지나간다. 레바논 출신의 지혜로운 시인 칼릴 지브란은 평생 독신으로 살았지만 누군가를 사랑하는 일을 쉰 적은 없다. 평생에 걸쳐 사랑하고 사랑의 본질에 대해 궁구한 시인은 "사랑의 날개가 그대를 감싸안거든 그에게 온몸을 내맡기라"고 권유하며 사랑을 조심하라고 이른다. 사랑이 영혼의 성장을 위한 거름이고 생명을 융성하게 하지만 동시에 우리를 파괴하는 '칼'이기 때문이다.

사랑은 불이자 얼음, 생명이자 죽음이다. 사랑은 아름답고 위대하고, 다른 한편으로 그 무엇보다 위험하고 무서운 것. 그러므로 사랑이 그대를 이끌 때는 부디 그 첫걸음을 아주 조심스럽게 떼어야 한다.

삼십세

잉게보르크 바하만*Ingeborg Bachman*

내 그대에게 이르노니, 일어서서 걸어라.

그대의 뼈는 결코 부러지지 않았으니.

서른이 되자 어른이 되었다고 믿었다. 콧수염을 조금 기르고, 고양이를 키우며 인생을 관조하리라. 나는 낙관주의에 젖은 채 서른을 맞았던 것이다. 더는 술집들을 순례하며 살지는 않으리라. 막다른 골목에서 먹고 마신 것들을 다 토해낸 채 눈물이 가득한 눈동자로 하늘에 점점이 떠 있는 별들을 보며 자기 연민에 빠지지 않겠다는 결심은 허무하게 무너졌다. 내가 품은 기대는 쉽게 어그러지고, 나는 여전히 방황하고 선택의 기로에서 자주 흔들렸다. 오, 서른은 어른이 되기에는 아직 이른 때인가!

처음 이 소설을 읽었을 때 시로 가득 차 있군, 했었다. 이것은 시가 아니다. 이 문장은 바하만의 동명 소설에서 따온 것이다. 바하만은 "삼십세에 접어들었다고 해서 누구도 그를 보고 더 이상 젊지 않다고 말하지는 않으리라."라고 썼다. 젊었다고도, 늙었다고 할 수도 없는 애매한 나이가 서른이다. 다시 읽어보니, 이것은 시다. 하이쿠처럼 의미로 응축되어 있는 단단한 시다. 이 시의 전언은 소나무 옹이처럼 단단하다. 그대가 서른이라면 스스로 '일어서서' 걸어야 할 때라는 걸

깨쳐야 한다. 그대의 뼈가 부러지지 않았다면 누구의 도움도 뿌리치고 일어서서 황야를 등지고 자기의 길을 걸어야만 한다.

고독

엘라 윌러 윌콕스*Ella W. Wilcox*

웃어라, 그러면 세상이 너와 함께 웃는다
울어라, 그러면 너 혼자 울게 된다
이 후줄근한 세상은 근심거리가 차고 넘치지
그래서 어디선가 즐거움을 빌려야 한다

노래하라, 그러면 산천이 응답하지만
한숨을 쉬면 허공에 흩어진다
메아리는 즐거운 소리에 튀어 오르고
근심하는 소리에는 움추러든다

즐거워하라, 그러면 사람들이 너를 찾지만
탄식하면 오다가도 발길을 돌린다
그들은 너의 즐거움은 전부 나눠갖길 원하지만
너의 슬픔은 아무런 필요가 없다

기뻐하라, 그러면 친구가 많아지지만
슬퍼하면 있던 친구도 모두 잃는다

너의 달콤한 포도주를 마다할 사람은 없지만

인생의 쓴맛은 혼자 맛봐야 할 것이다

잔치를 열어라, 그러면 집안이 북적이지만

음식을 아끼면 세상은 너를 지나쳐 간다

성공하고 베풀어라, 그러면 살아가는 데 도움이 되
지만

너의 죽음에는 아무도 도움이 되지 못한다

연회장에는 으스대는 자들을 위한

넓은 공간이 있지만

우리는 모두 하나 둘

고통의 좁은 회랑을 지나가야 한다

사람은 태어나는 데 조력자가 필요하다. 누군가의 도움 없이는 탄생도 성장도 불가능하다. 어른이 되어서는 홀로 서서 자립해야 한다. 자기를 부양하기 위해 일을 하고, 실존에 따르는 여러 문제들을 스스로 헤쳐나가야 한다. 어른이 되어서도 누군가에게 의지해야 하다면 아직 어른이라고 말할 수 없다.

고독은 어른이 누리는 특수한 감정 상태다. 고독은 삭막하지만 우리 내면을 위한 성장 촉진제일 테다. 누가 고독이 무엇인가 하고 묻는다면 엘라 윌러 윌콕스의 시 「고독」을 읽어보라고 하겠다. 고독은 "인생의 쓴맛"이다. 그것은 인생에서 반드시 마주하는 통과의례 같은 것이다. 고독한 이들은 기쁨과 달콤한 포도주는 남과 기꺼이 나누지만 제 슬픔을 오롯하게 저 혼자 품으려고 한다. 시인이 왜 "웃어라, 그러면 세상이 너와 함께 웃는다 / 울어라, 그러면 너 혼자 울게 된다"라고 노래했는지를 곰곰 씹어봐야 한다.

봄

빈센트 밀레이 *Vincent Millay*

4월아, 너는 무엇 때문에 다시 돌아오는가?

아름다움만으로는 충분하지 않다,

끈적거리며 피어나는 작은 이파리의 붉은색으로

더 이상 나를 달랠 순 없지

내가 아는 게 뭔지는 나도 안다.

뽀족한 크로커스 꽃잎을 바라볼 때면

목덜미에 햇살이 따갑고,

흙냄새도 좋다.

죽음이 사라진 것 같구나.

그러나 그게 뭐란 말인가?

땅 밑에선 구더기가 사람의 머리통을

갉아먹을 뿐만 아니라

인생 그 자체가 무無,

빈 잔, 주단 깔지 않은 계단,

해마다 이 언덕으로, 4월이

종알종알 꽃을 뿌리며

바보같이 돌아오는 것만으로는 충분치 않다.

이 시를 읽을 때면 뒷골이 송연해지고 소름이 돋았다. 봄은 새싹이 돋고, 생명은 약동하는 계절이다. 노란 개나리꽃이 핀 길로 한 떼의 유치원생들이 재잘거리며 지나간다. 봄 풍경은 우리에게 희망을 노래해야 할 의무가 있다고 속삭이는 것 같다. 하지만 시인은 이 봄이라는 계절 속에서 구더기가 죽은 이의 머리통을 갉아먹는 광경을 직시하라고 명령한다. 인생의 공허함과 죽음을 되새길 것을 요청하는 이 목소리는 얼마나 잔인한가. 인생은 이토록 어둡고 잔혹한데 희망을 노래하다니, 얼마나 바보 같은 짓인가! 시인은 철없는 우리의 희망과 낙관주의를 비웃고 마구 짓밟는다.

생명의 한복판에서 죽음을 상기하라는 것은 잔인한 일이다. 봄의 이면은 어둡고 비통한 죽음의 기억들로 이루어져 있다. 그래서 봄마다 이유 없이 심장이 아팠던 것일까? 봄은 해마다 종알종알 꽃을 뿌리며 돌아오지만 인생은 고작해야 "그 자체가 무無, 빈 잔, 주단 깔지 않은 계단"에 지나지 않는다. 4월이 꽃을 뿌리며 돌아오는 것만으로는 부족한 것은 그 때문이다. 지난봄을 살아서 맞았던 이들 중 일부는 죽고, 그 사체는 벌써 땅속에서 구더기의 먹잇감이 되었을 테다. 봄은 땅 속에 묻힌 주검들을 밟고 무심히 돌아온다. 그러니 4월 이 꽃을 뿌리며 돌아온다고 마냥 기뻐할 일은 아니다.

칠월의 양귀비꽃

실비아 플라스*Sylvia Plath*

지옥의 자그마한 불꽃 같은, 작은 양귀비꽃,
너희는 아무런 해를 끼치지 않니?

너희가 흔들거린다. 나는 너희를 만질 수 없다.
나는 불길 속에 손을 집어넣는다. 아무것도 타지 않
는다.

그리고 그렇게 흔들리며, 입술처럼 주름 잡힌 진홍색
너희를 바라보면 피곤해진다.

이제 막 피로 물든 입.
작은 피투성이 치마!

내가 만질 수 없는 향기가 있다.
너희의 마취제, 속이 메스꺼운 그 홀씨주머니는 어디
있니?

내가 피를 흘릴 수 있거나, 잠잘 수만 있다면!

내가 그런 상처와 결혼할 수만 있다면!

이 유리 캡슐 속에서 너의 액즙이 나에게로 스며들어,

나를 무감각하고 침착하게 만들 수 있다면,

단지 무색無色일 뿐. 무색.

1962년 7월 20일

실비아 플라스는 1932년 미국에서 태어난 여성 시인이다. 여덟 살 때 이미 《보스턴 헤럴드》에 시를 발표하며 조숙한 재능을 뽐냈다. 대학 졸업 후 풀브라이트 장학금을 받고 영국의 케임브리지대학교로 유학을 떠난다. 유학 생활 중에 만난 영국의 시인 테드 휴즈*Ted Hughes*와 결혼하지만 그의 외도로 결혼 생활은 불행했고, 플라스는 서른둘의 나이에 두 아이를 남긴 채 가스 오븐을 켠 채로 자살한다. 플라스의 죽음은 커다란 이슈를 몰아오고, 그는 페미니스트의 선구자로 평가되면서 사후에 더욱 유명해졌다.

진홍색 양귀비꽃은 불타오르는 듯 화사하다. 꽃말은 '진정한 사랑'이라고 하는데, 서양에서는 양귀비꽃이 전쟁에서 숨진 영혼들을 기리는 꽃이라고 한다. 「칠월의 양귀비꽃」에서 양귀비꽃은 "지옥의 자그마한 불꽃"이다. 양귀비꽃은 "이제 막 피로 물든 입. / 작은 피투성이 치마!"라는 은유에 힘입어 매혹적인 형상으로 떠오른다. 그것은 아름답지만 결코 만질 수 없다. 이 접근 불가능성은 그것이 가진 "만질 수 없는 향기" 탓이다. 어쨌든 '나'는 양귀비꽃을 원하지만 그걸 만질 수도, 소유할 수도 없다. 양귀비꽃이 사랑이라면 그건 매우 불행한 사랑일 테다. "내가 피를 흘릴 수 있거나, 잠잘 수만 있다면! / 내가 그런 상처와 결혼할 수만 있다면!"이라는 구절은 그런 불행조차 수락하겠다는 의지의 단호함 속에서 무의식에 깃든 죽음에의 희구를 은근히 드러낸다.

엄숙한 시간

라이너 마리아 릴케*Rainer M. Rilke*

지금 세상 어디선가 누군가 울고 있다
세상에서 이유 없이 울고 있는 사람은
나 때문에 울고 있다

지금 세상 어디선가 누군가 웃고 있다
밤에 이유 없이 웃고 있는 사람은
나 때문에 웃고 있다

지금 세상 어디선가 누군가 걷고 있다
세상에서 정처도 없이 걷고 있는 사람은
내게로 오고 있다

지금 세상 어디선가 누군가 죽어가고 있다
세상에서 이유 없이 죽어가는 사람은
나를 쳐다보고 있다.

릴케는 미숙아로 태어났는데, 아홉 살 때 부모가 이혼했다. 군사 학교를 들어갔으나 중퇴했다. 릴케는 그 불운과 불행을 삼키고 도약했다. 방황하던 청년 시절에 릴케의 시에 많은 감명을 받으며 탐독했다. 『두이노의 비가』와 『오르페우스에게 바치는 소네트』를 여러 번에 걸쳐 읽고, 문학 청년들이 그렇듯이 『말테의 수기』는 문학의 기본 교재로 삼아 달달 외울 지경이었다.

「엄숙한 시간」은 나와 너, 세계는 아무리 멀리 떨어져 있어도 상호 연결되어 있음을 깨우쳐준다. 한 사람의 불행은 또 다른 한 사람의 행복과 연관이 있다. 한반도에 비가 내린다면 그것은 먼 저쪽 나라 기후의 영향 때문이다. 세계 안의 모든 것들은 인과 관계로 얽혀 있다. 어떤 숲도 저 혼자 울울창창해질 수는 없다. 지금 어디선가 누군가 울고 있다면, 그것은 내가 그 슬픔과 연루되어 있는 탓이다. 그 슬픔은 내 책임이다. 릴케는 "세상에서 이유 없이 울고 있는 사람은 / 나 때문에 울고 있다"라고 노래한다. 그런 까닭에 우리가 사는 세계의 시간은 엄숙한 것이다.

딸을 낳던 날의 기억

김혜순

거울을 열고 들어가니

거울 안에 어머니가 앉아 계시고

거울을 열고 다시 들어가니

그 거울 안에 외할머니 앉으셨고

외할머니 앉은 거울을 밀고 문턱을 넘으니

거울 안에 외증조할머니 웃고 계시고

외증조할머니 웃으시던 입술 안으로 고개를 들이미니

그 거울 안에 나보다 젊으신 외고조할머니

돌아 앉으셨고

그 거울을 열고 들어가니

또 들어가니

또 다시 들어가니

점점점 어두워지는 거울 속에

모든 웃대조 어머니들 앉으셨는데

그 모든 어머니들이 나를 향해

엄마엄마 부르며 혹은 중얼거리며

입을 오물거려 젖을 달라고 외치며 달겨드는데

젖은 안 나오고 누군가 자꾸 창자에

바람을 넣고

내 배는 풍선보다

더 커져서 바다 위로

이리 둥실 저리 둥실 불리워 다니고

거울 속은 넓고 넓어

지푸라기 하나 안 잡히고

번개가 가끔 내 몸 속을 지나가고

바닷속에 자맥질해 들어갈 때마다

바다 밑 땅 위에선 모든 어머니들의

신발이 한가로이 녹고 있는데

청천벽력.

정전. 암흑 천지.

순간 모든 거울들 내 앞으로 한꺼번에 쏟아지며

깨어지며 한 어머니를 토해내니

흰 옷 입은 사람 여럿이 장갑 낀 손으로

거울 조각들을 치우며 피 묻고 눈 감은

모든 내 어머니들의 어머니

조그만 어머니를 들어올리며

말하길 손가락이 열 개 달린 공주요!

시인 김혜순은 「딸을 낳던 날의 기억」에서 상상 세계 속 여성의 탄생 설화를 펼쳐낸다. 시인의 상상 세계 속에서 생명과 우주의 순환이 한 치의 오차도 없이 명확하게 맞물려 있음을 보여준다. 거울 안에 엄마가 있고, 그 거울을 다시 열고 들어가니 외할머니가 있고, 그 거울을 열고 들어가니 외증조할머니가 웃고 있고, 그 거울을 넘어 다른 거울로 들어가니 거기 외고조할머니가 앉아 있다.

  이 거울 속 세계란 생명이 순환하는 다층 우주다. 시인은 엄마의 엄마의 엄마의 엄마의 기원을, 그 웃대조 엄마의 기원을 찾아 올라간다. 시인은 엄마의 엄마의 엄마의 엄마……들을 한자리로 불러내 그들이 합심해서 빚어내 세상에 내보낸 딸을 보여준다. 막 세상에 나와 울음을 터뜨린 딸은 아주 자그마한 어머니, 즉 어머니들의 어머니일 테다. 방금 태어난 영유아 속에서 우리 웃대조의 늙은 어머니들이 입을 오물거리고 있다. 이것이 일목요연하게 드러내는 것은 영원히 이어지는 여성들의 경이로운 계보학일 테다.

알 수 없어요

한용운

바람도 없는 공중에 수직의 파문을 내며 고요히 떨어지는 오동잎은 누구의 발자취입니까?

지리한 장마 끝에 서풍이 몰려가는 무서운 검은 구름의 터진 틈으로, 언뜻언뜻 보이는 푸른 하늘은 누구의 얼굴입니까?

꽃도 없는 깊은 나무에 푸른 이끼를 거쳐서, 옛 탑 위의 고요한 하늘을 스치는 알 수 없는 향기는 누구의 입김입니까?

근원을 알지도 못할 곳에서 나서 돌부리를 울리고, 가늘게 흐르는 작은 시내는 굽이굽이 누구의 노래입니까?

연꽃 같은 발꿈치로 가이없는 바다를 밟고, 옥 같은 손으로 끝없는 하늘을 만지면서, 떨어지는 해를 곱게 단장하는 저녁놀은 누구의 시입니까?

　타고 남은 재가 다시 기름이 됩니다. 그칠 줄을 모르
고 타는 나의 가슴은 누구의 밤을 지키는 약한 등불입
니까?

아직 뼈가 굳어지기 전 어린 시절, 공상에 빠지기를 좋아했다. 어른들이 없는 집을 종일 지키며 가 보지 못한 세상에 사는 사람들을 떠올렸다. 미지를 생각하면 상상력은 알 수 없음, 저 너머 가없는 우주의 시공, 영원, 신, 수수께끼 등으로 뻗어간다. 미지는 살아 보지 못한 시간이자 내 존재가 가 닿지 못한 땅이다. 그것은 불가능의 가능성이자 가망 없는 희망인 데다, 사람은 미지의 탯줄을 달고 태어나 미지의 젖을 먹고 자라서 미지의 곳으로 떠나는 존재다. 우리는 미지와 연결된 채로 살다가 영원한 미지로 날아간다. 미지는 태고의 어머니, 나라는 존재를 잉태한 생명의 자리이자 무덤이다.

잘 알다시피 한용운은 승려이자 시인이다. 그는 알 수 없음, 그 미지를 더듬어 상상의 촉수를 뻗는다. 그는 상상 속에서 연꽃 같은 발꿈치로 미지의 땅을 밟고, 옥 같은 손으로 깊이를 가늠할 수 없는 하늘을 더듬는다.「알 수 없어요」라는 시는 오동잎, 푸른 하늘, 탑 위를 스치는 향기, 졸졸거리며 흐르는 작은 시내, 저녁놀, 가슴에 타오르는 등불에서 그리운 이의 자취를 찾으려는 상상의 궤적을 고스란히 보여준다. 이토록 맑고 고요하고 아름다운 상상이라니! 그 상상의 궤적을 그러모아 순진한 물음의 형식으로 말끔하게 시 한 편을 빚어낸 것이다.

고독한 이유

김현승

고독은 정직하다.
고독은 신을 만들지 않고,
고독은 무한의 누룩으로
부풀지 않는다.

고독은 자유다.
고독은 군중 속에 갇히지 않고,
고독은 군중의 술을 마시지도 않는다.

고독은 마침내 목적이다.
고독하지 않은 사람에게도
고독은 목적 밖의 목적이다.
목적 위의 목적이다.

오랫동안 고독하다고 울부짖는 사람을 신뢰하지 않았다. 다자이 오사무太宰治 같은 일본 소설가를 좋아하지 않은 것도 그 때문이다. 다자이 오사무의 소설은 좋았지만 그의 인격은 세파를 감당하기에는 너무 무르다고 믿었다. 입버릇처럼 고독하다는 이에게 필요한 것은 더 강인한 정신, 자기 단련, 맨손 체조라고 생각했다. 아, 그렇게 고독하다고 말하는 이를 폄하했던 나라는 존재는 얼마나 메마른 사람이었던가.

시인은 고독의 신봉자, 고독의 전도사다. 고독은 시인의 반려, 영혼의 은신처다. 김현승 시인은 사람이 오직 고독의 단련 속에서 더 강해질 수 있다고 믿는다. 고독 속에서는 눈물마저 보석처럼 단단해진다. 어디 그뿐이랴, 순수한 고독 속에서 인간의 명석함이 드러나고, 창의력이 솟구친다. 고독으로 충만한 시간이란 예술가에게 돈 주고 살 수 없는 정금 같은 순간이다. 고독이 없다면 위대한 시도 음악도 나올 수 없다. 고독에서 도망가지 말라. 기꺼이 고독을 그대 곁에 두어라.

호랑이

윌리엄 블레이크 *William Blake*

한밤중 숲속에서 눈부시게 타오르는

호랑이여, 호랑이여!

어떤 불멸의 이, 어떤 손과 눈이

너의 무시무시한 균형을 만들 수 있었나?

얼마나 깊은 곳, 머나먼 하늘에서

네 눈의 불길은 타오르나?

어떤 날개를 타고 감히 솟아올라,

어떤 손이 그 불꽃을 잡을 수 있나?

어떤 어깨가, 어떤 기술이

네 심장의 힘줄을 비틀 수 있었나?

네 심장이 뛰기 시작할 때,

어떤 무서운 손이? 어떤 무서운 발이?

어떤 망치가? 어떤 사슬이?

어떤 용광로에 너의 뇌가 있었을까?

어떤 모루가? 어느 누가 감히

그 극심한 공포를 움켜잡았는가?

별들이 그들의 창을 내던지고

그들의 눈물로 하늘을 적실 때,

자신의 작품을 보고 그분은 미소 지었나?

어린 양을 창조한 신이 너를 만들었나

호랑이, 호랑이, 밤의 숲속에서 밝게 타오르는,

어떤 신의 손 또는 눈이

감히 너의 무서운 균형을 만들려고 했을까?

고양잇과 동물들은 야행성이고 상위 포식자에 속한다. 이상하게도 어려서부터 최상위 포식자로서의 위엄을 갖춘 호랑이에게 이끌렸다. 백수의 제왕이고, 불멸의 신이 빚은 창조물의 위엄을 가진 호랑이.

윌리엄 블레이크의 호랑이는 불 속에서 태어난다. 불은 모든 생명을 녹일 수 있는 극한의 조건이다. "어떤 용광로에 너의 뇌가 있었을까?"라는 시구는 호랑이가 용광로(불)에서 나왔음을 일러준다. 호랑이에게 덧씌워진 압도적 신성은 이글이글 타오르는 안광의 불길에서 엿볼 수가 있다. 밤의 숲속을 돌아다니는 호랑이의 눈동자는 마치 호롱불처럼 타오른다. 시인은 "얼마나 깊은 곳, 머나먼 하늘에서 네 눈의 / 불길은 타오르나?"라고 반문한다. 호랑이는 대지에 발바닥을 딛고 돌아다니는 맹수지만 시인의 상상 세계에서는 날개를 타고 공중으로 비상하는 초능력을 과시한다. 블레이크의 시는 호랑이의 존엄에 바치는 예찬이고 헌사일 테다.

봄은 고양이로다

이장희

꽃가루와 같이 부드러운 고양이의 털에
고운 봄의 향기가 어리우도다.

금방울과 같이 호동그란 고양이의 눈에
미친 봄의 불길이 흐르도다.

고요히 다물은 고양이의 입술에
포근한 봄 졸음이 떠돌아라.

날카롭게 쭉 뻗은 고양이의 수염에
푸른 봄의 생기가 뛰놀아라.

이장희는 1900년 대구에서 태어난 시인이다. 호는 고월古月이다. 1929년 11월 3일, 대구에서 음독자살로 짧은 생을 마쳤다. 아버지는 대구에서 손꼽을 만한 부호였다. 이장희는 총독부 관리로 취직하라는 아버지의 지시를 거역한다. 그런 탓에 아버지는 이장희를 버린 자식으로 취급한다. 시인은 극도로 빈궁한 삶을 벗어나지 못한 채 고독하게 살다가 자택에서 음독자살한다. 그의 작품은 거의 남아 있지 않은데, 그것은 시인 이상화가 이장희 본가에서 가져온 자필 원고를 맡아 갖고 있다가 일본 경찰의 가택 수사 당시 압수당해 유실되었기 때문이다.

「봄은 고양이로다」는 1924년 5월 《금성金星》 1호에 실렸던 시다. 드물게 후대에 전해진 이장희의 귀한 시편 중 하나다. 봄볕 아래 나른하게 눈을 감고 조는 고양이에게서 생동하는 봄의 기운을 읽은 시로, 화사한 봄을 수식하는 이미지가 유난히 돋보인다. 시인은 고양이의 보드라운 털에서 "고운 봄의 향기"를 맡고, "금방울과 같이 호동그란 고양이의 눈"에는 "미친 봄의 불길"이 흐른다고 말한다. 고양이의 입술에서는 "포근

한 봄의 졸음"을 보고, 수염에서는 "푸른 봄의 생기"를

엿보는 것이다.

공무도하가

백수광부白首狂夫의 처

님아 저 물을 건너지 마오

님은 기어이 물을 건너 가셨네

물에 빠져 돌아가시니

이제 님을 어이할거나

「공무도하가」는 한국 서정시의 원형이자 그 뿌리이다. 사랑과 이별, 생과 사를 두루 아우르는 이 슬픈 서정시는 무명의 백수광부의 처가 지은 것으로 알려져 있다. 원가原歌가 전해지지는 않는다. 다만 한문으로 번역된 「공후인箜篌引」이 진나라 최표崔豹의 『고금주古今注』에 설화와 함께 채록되어 전해질 뿐이다.

시를 쓰다가 잘 풀리지 않을 때 이 시를 읽는다. 「공무도하가」는 한 백수광부가 강을 건너다 익사한 사고를 중심 제재로 다룬다. 처는 강 저쪽에서 "강을 건너지 말라"고 애타게 외치건만 지아비는 강을 건너다 익사한다. 지어미는 강가에서 슬피 운다. 이때 지어미의 슬픔은 이승에 널린 모든 슬픔의 중량과 맞먹는다.

'강'이란 무엇인가? 강은 이 세상과 저세상 사이를 가로지르는 경계다. 사람에 따라서는 우리 인생을 일구는 고해苦海(불교에서 말하는 고통의 세계, 괴로움이 끝이 없는 인간 세상)로 이해할 수도 있겠다. 강은 이승과 저승을 가로지르며 흐르는데, 인간은 그 고해를 건너 이승에서 저승으로 건너간다. 그건 피할 수 없는 인간의 숙명이다. 백수광부는 처의 만류에도 불구하고 표표히 그 '강'을 건너간다. 아, 백수광부는 '강'을 건너 저 너머로 가려는 죽음마저 불사하는 불굴의 혁명가인가? 아니면 하릴없이 빈둥대며 세월이나 축내던 미치광이인가?

대청봉 수박밭

청봉이 어디인지. 눈이 펑펑 소청봉에 내리던 이 여
름밤
나와 함께 가야 돼. 상상을 알고 있지
저 큰 산이 대청봉이지.
큼직큼직한 꿈같은 수박
알지. 와선대 비선대 귀면암 뒷길로
다시 양폭에서, 음산한 천불동
삭정이 뼈처럼 죽어 있던 골짜기를 지나서
그렇게 가면 되는 거야. 너는 길을 알고 있어
아무도 찾지 못해서 지난주엔 모두 바다로 떠났다고
하더군
애인이라도 있었더라면, 그나 나나 행복했을 것이다.

너는 놀라지 않겠지. 누가 저 산꼭대기에
수박을 가꾸겠어.
그러나 선들거리는 청봉 수박밭에 가면 얼마나 큰
만족 같은 것으로 겁怯 속에

하룻밤을 지내고 돌아와서

사는 거야. 별거겠니 겨울 최고봉의 추위를 느끼면서

걸어. 서릿발 친, 대청봉 수박밭을 걸어.

그 붉은 속살을 마실 수 없겠지.

어느 쑥돌 널린 들판에 앉듯, 대청봉

바다 옆에서 모자를 벗으면 가죽구두를 너도 벗어

놓고 시원해서

원시 말이야, 그 싱싱한 생명 말이야

상상력을 건든다.

하늘에서 들리는 파도 소리로

삼경까진 오겠지 기다리지 못하면 시인과 동고할 수

없겠고

그게 백두산과 닮았다고 하면 그만큼 이해할 수 없고

그래서 맨발로 눈이 새하얗게 덮인, 아니지, 달빛에

비친 흰 이슬을 밟으며

나는 청봉으로 떠난다.

독재로 너의 손목을 잡고

나는 굴복시켜야 돼 너는 사랑할 줄 아니.

시골에 한 가마 옥수수를 찌는 할머니

그 밤만으로는 우리가 노래할 수는 없습니다

가구를 들고 청봉 수박 마시러 나와 간다, 세상은 다

내 책임이었냐는 듯이 가기로 했다.

이 '대청봉 수박밭' 속에 생각이 있다고 털어놓건

비유인지 노래인지, 그것이 표명인지

거짓 같지 않은 뜬소문 때문에

나는 언제고 올 테니까.

대청봉에서 너와 가슴을 내놓고

여행을 왔노라며, 기막힌 수박인데 하고 뭐라고 할까.

설악산 대청봉 수박밭!

생각이 떠오르지 않다니

그것이 공산 아니면 얼음처럼 녹고 있는 별빛에 섞

여서 바람이 불고, 수박 같은 달이다. 아니다

　　수박만 한 눈송이가 펑펑 쏟아지면

　　상상이다 아니다

　　할 수 있을까.

고형렬 시인의 상상 세계 밑자리는 속초, 거진, 대진을 끼고 펼쳐진 동해다. 그는 높고 거친 산세와 늘 출렁이는 동해와 인접한 바닷가 마을에서 어린 시절을 보낸다. 거기에는 "화채봉", "늙어가는 소년", "해가 지는 집", "생가生家"가 있다. 그 땅과 잇댄 곳에 바다가 출렁인다. 그 바다는 곤핍한 삶을 위해 열여섯 시간당 사천 원을 받는 어머니가 감당하는 고단한 노동의 바다이고, 시인이 선험으로 품은 형이상의 바다다. 작가 김훈에 따르면 그 바다는 "경험되지 않고, 인식되지 않는 새로움의 세계이며, 현실에 대한 형이상학적인 대안"이다.

　고형렬이 불러낸 자연은 쩨쩨하고 자질구레한 일상을 저만큼 물리치고 유유자적과 초월의 지평을 성큼 눈앞에 펼쳐낸다. 그 자연은 우리 선조가 살았던 태초의 시원과 이어져 있을 테다. 우리의 잠든 의식을 화들짝 깨우는 놀라운 시는 여름과 겨울의 경계, 하찮음과 영세성을 특징으로 하는 소시민의 지질한 현실을 뛰어넘어, 겁의 시간 속에 솟는 "설악산 대청봉" 꼭대기 어디엔가 "큼직큼직한 꿈같은 수박"이 주렁주렁 열린 수박밭으로 우리를 이끈다. 거기서 수확하는 것은 "서릿발 친" 붉은 속살로 꽉 찬 "수박 같은 달"이다. 오, 얼음과 별빛 속에서 익은 달 같은 수박을 한입 가득 베어 먹어볼 수 있다면 좋으련만! 그 수박은 꿈속에서만 수확이 가능하다. 그걸 한입 삼켜보려는 열망은 현실에서는 실현이 불가능하다. 「대청봉 수박밭」은 한 시인의 대표작을 넘어서서 우리 시들 중에서도 드문 수작으로 꼽을 만하다.

불을 기리는 노래

파블로 네루다

사납고,

기세 좋으며,

눈이 감겼으면서도 눈으로 가득 찬,

뻔뻔하고,

느리며, 갑작스레 치솟는 불이여.

황금의 별,

장작 도둑,

침묵하는 노상강도,

양파를 삶는 요리사,

유명한 불꽃의 악당,

백만 개의 이빨을 드러내는 미친개여,

내 말을 들어 봐,

가정의 중심,

불멸의 장미 나무,

삶의 파괴자,

빵과 화덕을 다 가진 천상의 아버지,

바퀴와 편자의

고명한 선조,

금속들의 꽃가루,

강철의 창시자:

내 말을 들어 봐,

불이여.

네 이름은 불타는구나.

'불'이라 발음하면

기분이 좋아진다,

'돌' 또는 '밀가루'라고

발음하는 것보다

훨씬 더 좋다.

너의 노란 광선 앞에서,

너의 빨간 꼬리 옆에서,

심홍색 네 갈기 옆에서,

말은 생기를 잃고,

말은 차갑다,

사람들은 불, 불,

불, 불이라 말하고,

무언가를 머금은 입에서

불이 붙는구나 :

그건 불타는 네 과일,

타오르는 네 월계수.

여기에 불, 불, 불이 있다. 불은 타오른다. 불은 사납게 번진다. 불은 생명을 잉태하는 씨앗이요, 지상에서 싹을 틔우는 소규모로 쪼개진 태양들이다. 풀이 불이 떨군 씨앗에서 돋아난 새싹이라면, 나무는 수직으로 자라는 녹색 불꽃이다. 인류는 불로 음식을 익히고, 어둠을 몰아내며, 냉혹한 추위에서 몸을 보호하는 열기를 얻는다. 불은 인류 진화와 문명 발전의 촉매제가 되었다. 다른 한편으로 불은 갈기를 휘날리며 달리고, 제 세력을 뻗쳐서 천하를 거머쥐고 쓰러뜨리는 악당이며, 일탈을 일삼으며 한순간에 모든 걸 잿더미로 만드는 파괴자이기도 하다.

　「불을 기리는 노래」는 거듭해서 읽고 싶어지는, 불에 풍성한 은유를 입혀 완성한 아름다운 시편이다. 시인은 불을 가리켜 "황금의 별, 장작 도둑, 침묵하는 노상강도, 양파를 삶는 요리사, 유명한 불꽃의 악당, 백만 개의 이빨을 드러내는 미친개"라고 노래한다. 거기에 더해 "가정의 중심, 불멸의 장미 나무, 삶의 파괴자, 빵과 화덕을 다 가진 천상의 아버지, 바퀴와 편자의 고명한 선조, 금속들의 꽃가루, 강철의 창시자"라고 쓴다. 파블로 네루다의 화사한 상상력 덕분에 불은 새로운 모양으로 거듭난다. 이렇게 불을 찬미하며 불의 공덕을 세상에 퍼뜨리는 시인이 있었기에 불의 품격과 명성은 나날이 드높아지는 것이다.

행복

유치환

사랑하는 것은
사랑을 받느니보다 행복하나니라.
오늘도 나는
에머랄드빛 하늘이 환히 내다뵈는
우체국 창문 앞에 와서 너에게 편지를 쓴다.

행길을 향한 문으로 숱한 사람들이
제각기 한 가지씩 생각에 족한 얼굴로 와선
총총히 우표를 사고 전보지를 받고
먼 고향으로 또는 그리운 사람께로
슬프고 즐겁고 다정한 사연들을 보내나니.

세상의 고달픈 바람결에 시달리고 나부끼어
더욱더 의지삼고 피어 흥클어진
인정의 꽃밭에서
너와 나의 애틋한 연분도
한 방울 연련한 진홍빛 양귀비꽃인지도 모른다.

사랑하는 것은

사랑을 받느니보다 행복하나니라.

오늘도 나는 너에게 편지를 쓰나니

그리운 이여, 그러면 안녕!

설령 이것이 이 세상 마지막 인사가 될지라도

사랑하였으므로 나는 진정 행복하였네라.

이 시의 무대는 한반도의 남쪽 해안에 있는 항구도시 통영이다. 유치환은 통영에서 중학교 교사를 하던 음전한 여성 시인 이영도를 사랑했다. 이영도에게 쓴 편지들은 시인의 사후에 책으로 묶여 독자들의 큰 사랑을 받았다. 이 시는 사랑을 하며 편지를 주고받는 가운데 나온 것이다. 유치환은 숱한 이들에게 편지로 제 마음을 전했는데, 편지의 달인이라 할 만하다. "에머랄드빛 하늘이 환히 내다뵈는 / 우체국 창문 앞에 와서" 그리운 이에게 편지를 쓰는 이는 분명 사랑에 빠진 사람일 테다. 그 편지에는 설렘과 기쁨을 담은 말들이 물고기처럼 팔딱거렸을 테다.

디지털 세상이 도래하면서 편지의 시대는 지나갔다. 메일이나 카톡이 편지를 대신하게 되었지만 그것이 옛날의 연애편지가 지닌 의젓함이나 그윽한 기쁨을 대신할 수는 없을 것이다. 사랑하는 이에게 우체국에서 편지를 쓰던 이들은 얼마나 행복했을까? 그러니까 감히 "사랑하였으므로 나는 진정 행복하였네라"라고 선언할 수도 있었을 테다.

우리 인생에는 천 개의 벼랑이 있고,
천 개의 벼랑을 넘으려면 천 개의 희망이 필요할 테다.
하지만 시는 현실에서 아무 쓸모도 없다. 다만 시는 그토록
무용하지만 우리를 계속 살아가게 만드는 힘이 있다.

─────────── ╱

3장

시란 그토록 무용하지만
우리를 계속 살아가게 만드는 것

나는 고양이로 태어나리라

황인숙

이 다음에 나는 고양이로 태어나리라

윤기 잘잘 흐르는 까망 얼룩 고양이로

태어나리라.

사뿐사뿐 뛸 때면 커다란 까치 같고

공처럼 둥굴릴 줄도 아는

작은 고양이로 태어나리라.

나는 툇마루에서 졸지 않으리라.

사기그릇의 우유도 핥지 않으리라.

가시덤불 속을 누벼누벼

너른 벌판으로 나가리라.

거기서 들쥐와 뛰어놀리라.

배가 고프면 살금살금

참새 떼를 덮치리라.

그들은 놀라 후다닥 달아나겠지.

아하하하

폴짝폴짝 뒤따르리라.

꼬마 참새는 잡지 않으리라.

할딱거리는 고놈을 앞발로 툭 건드려

놀래주기만 하리라.

그리고 곧장 내달아

제일 큰 참새를 잡으리라.

이윽고 해가 기울어

바람은 스산해지겠지.

들쥐도 참새도 가버리고

어두운 벌판에 홀로 남겠지.

나는 돌아가지 않으리라.

어둠을 핥으며 낟가리를 찾으리라.

그 속은 아늑하고 짚단 냄새 훈훈하겠지.

훌쩍 뛰어올라 깊이 웅크리리라.

내 잠자리는 달빛을 받아

은은히 빛나겠지.

혹은 거센 바람과 함께 찬 비가

빈 벌판을 쏘다닐지도 모르지.

그래도 난 털끝 하나 적시지 않을걸.

나는 꿈을 꾸리라.

놓친 참새를 쫓아

밝은 들판을 내닫는 꿈을.

「나는 고양이로 태어나리라」는 1984년 경향신문 신춘문예 공모에서 당선된 시다. 황인숙 상상 세계의 원형이 어디에서 시작되었는가를 보여주는 작품이다. 황인숙은 놀랍도록 생기발랄하고 재기가 번득이는 등단작을 통해 한국 시에서 도저히 잊을 수 없는 고양이를 빚어낸다. 그의 시들 중에서도 빼어난 작품에는 대개 고양이가 등장한다. 그의 상상력은 고양이에 대해 쓸 때 가장 활발하고 빛난다.

야생의 사고가 사라진 자리에는 문명의 논리가 번성한다. 인간은 문명의 이름으로 내면의 어둠, 불안, 두려움을 토벌한다. 그렇게 우리 안의 신화와 무의식의 꿈을 말살하고, 야생성, 즉 피로 붉게 물든 발톱과 송곳니를 다 뽑아버린다. 우리가 야성을 잃고 문명에 길들여졌다고 더 행복해졌다는 증거는 어디에도 없다. 문명 세계를 떠받치는 과학, 논리, 지식 따위가 야생에서 누리던 생명의 힘과 자유를 제약한다. 「나는 고양이로 태어나리라」에 등장하는 고양이는 항상 "들판을 내닫는 꿈"을 꾸는 야생의 존재다. 툇마루에서 졸거나 사기그릇의 우유를 핥지 않겠다는 다짐으로 고양이는 제 야생성을 지키겠다는 결의를 보여준다. "가시덤불 속을 누벼누벼 / 너른 벌판으로 나가리라" 라는 구절에 따르면, 이 작은 고양이가 갈망하는 것은 들판에서 쥐를 쫓고 참새를 사냥하는 삶이다. 고양이가 구속받기를 거부하는 것은 그토록 시원의 자유를 갈망하는 탓이리라.

밥

장석주

귀 떨어진 개다리소반 위에

밥 한 그릇 받아놓고 생각한다.

사람은 왜 밥을 먹는가.

살려고 먹는다면 왜 사는가.

한 그릇의 더운 밥을 얻기 위하여

나는 몇 번이나 죄를 짓고

몇 번이나 자신을 속였는가.

밥 한 그릇의 사슬에 매달려 있는 목숨.

나는 굽히고 싶지 않은 머리를 조아리고

마음에 없는 말을 지껄이고

가고 싶지 않은 곳에 발을 들여 놓고

잡고 싶지 않은 손을 잡고

정작 해야 할 말을 숨겼으며

가고 싶은 곳을 가지 못했으며

잡고 싶은 손을 잡지 못했다

나는 왜 밥을 먹는가, 오늘

다시 생각하며 내가 마땅히

지켰어야 할 약속과 내가 마땅히

했어야 할 양심의 말들을

파기하고 또는 목구멍 속에 가두고

그 대가로 받았던 몇 번의 끼니에 대하여

부끄러워한다. 밥 한 그릇 앞에 놓고, 아아

나는 가롯 유다가 되지 않기 위하여

기도한다. 밥 한 그릇에

나를 팔지 않기 위하여.

1981년에 출간한 시집『완전주의자의 꿈』에 실린 시다.「밥」은 20대 중반 내 생활 경험을 바탕으로 쓴 시로, 생계를 꾸리는 일의 엄중함에 한껏 예민해진 마음을 엿보게 한다. 이 시를 쓸 때 가족을 부양하기 위해 생활 전선에 뛰어들며 마주한 삶의 무게는 만만치 않았다. 호구지책을 위해 몸을 갈아 넣어야만 했으니, 자주 지쳤다. 아, 은화 몇 냥의 유혹에 넘어가 예수를 팔아넘긴 가룟 유다는 닮아서는 안 되는 반면교사였다. 밥 한 그릇 앞에서 느꼈던 고뇌와 수치심은 역설적으로 그 당시 내 젊음이 얼마나 도덕적으로 순진하고 치열했는가를 알게 한다.

　　'밥'은 생물학적 필요의 모든 것을 함축한다. 사람들은 밥을 위해 취직을 하고 노동을 한다. 밥을 구하는 과정에서 굴욕을 당하거나 흉중胸中의 뜨거운 양심의 말들을 파기하고 괴로워하기도 할 테다. 살기 위해 먹어야 하는 밥으로 인해 존재가 누추해지거나 너덜너덜해지는 일은 드물지 않은 일이다. "한 그릇의 더운 밥을 얻기 위하여 / 나는 몇 번이나 죄를 짓고 / 몇 번이나 자신을 속였는가."라는 시구는 통렬한 자기반성

을 뚫고 나온다. 그 시절 나는 밥 한 그릇이 내 입까지

오는 과정의 도덕적 정당성에 대해 꽤 깐깐하게 따졌

던 모양이다.

결혼에 대하여

칼릴 지브란

그대들은 함께 태어났으니

영원히 함께하리라.

죽음의 흰 날개가 그대들의 삶을 갈라놓을 때에도

그대들은 함께 하리라.

그리고 신의 고요한 기억 속에서도

영원히 함께 하리라.

함께 있되 거리를 두라.

그리하여 공중의 바람이

그대들 사이에서 춤추게 하라.

서로 사랑하라.

그러나 사랑으로 구속하지는 말라.

그보다 그대들의 혼과 혼이 두 언덕

사이에서 출렁이는 바다를 놓아두라.

서로의 잔을 채워주되

한쪽의 잔만을 마시지 말라.

서로의 음식을 주되

한쪽의 음식만을 먹지 말라.

함께 노래하고 즐거워하되

때로는 홀로 있기도 하라.

마치 현악기의 줄들이

하나의 음악을 연주할지라도

줄은 서로 혼자이듯이

서로의 마음을 주라.

그러나 서로의 마음속에 묶어 두지는 말라.

오직 생명의 손길만이

그대의 마음을 간직할 수 있다.

함께 서 있으라.

그러나 너무 가까이 서 있지는 말라.

사원의 기둥들도 서로 떨어져 있고

참나무와 삼나무는 서로의 그늘 속에선 자랄 수가

없나니.

질풍노도의 시기에 칼릴 지브란의 『예언자』를 즐겨 읽었다. 이 시집에는 아무 모호함도, 허튼 프로파간다도 일체 없다. 있는 것은 오직 삶의 지혜뿐. 무지몽매함 속에서 인생의 소용돌이를 헤쳐 나갈 때 이 지혜에 기댔던 것이다. 옛날의 나그네가 밤하늘의 별자리를 보고 방향을 가늠했듯이, 어쩌면 이 시집은 내 삶의 이정표이자 나침반 노릇을 했던 걸까?

1960년대 미국 청년들 사이에서 반문화의 물결을 타고 『예언자』는 성경만큼 널리 읽혔다. 지브란은 지중해를 끼고 있는 레바논에서 양치기이자 술주정뱅이인 아버지 밑에서 자랐다. 12세 때 아버지를 제외한 가족과 미국으로 이민을 떠났다가 2년 뒤 레바논으로 돌아와 프랑스어와 모국어로 공부를 했다. 5년 만에 미국의 가족에게로 돌아가지만 잇따른 가족의 죽음이라는 비극과 맞닥뜨린다. 슬픔과 고통의 피난처이던 누이동생, 형, 어머니가 차례로 병사한 것이다.

레바논산맥과 삼나무들이 품은 신성과 히아신스와 백합과 수선화의 향기로 그득한 이 시집을 읽는 것은 행복한 일이다. 지브란의 나이 마흔 살에 미국 크노프

출판사에서 『예언자』가 나왔는데, "이것은 피에 적신 책이고 상처받은 마음에서 나오는 절규이다"라는 평가와 찬사가 잇따른다. 그는 젊은 시절엔 파리에서 화가들과 어울리며 그림을 그리며 시를 쓰고, 평생 독신을 유지했다. 뉴욕 그리니치에서 외부 출입도 하지 않은 채 은둔해서 살다가 1931년 4월, 48세의 나이로 세상을 뜬다.

봄의 말

아이들은 봄이 무슨 말을 하는지 알지.

살아라, 자라라, 꽃 피워라, 희망하라, 사랑하라,

기뻐하라, 새싹을 틔워라,

몰두하라. 그리고 삶을 두려워하지 마라.

늙은이들도 봄이 무슨 말을 하는지 알지.

늙은이여, 네 몸을 땅에 묻어라.

활기찬 소년들에게 자리를 양보해라.

몰두하라. 죽음을 두려워하지 마라.

스무 살 무렵엔 여름을 가장 사랑했다. 여름의 타는 듯한 일광에 열광을 했다. 알베르 카뮈_Albert Camus_의 산문을 읽으며 여름의 바다를 꿈꾸곤 했다. 바다는 그 천혜의 미덕으로 가난의 누추함조차 사치로 여기게 한다. 나이가 드니 넘치는 여름의 빛, 여름의 열기, 여름의 과잉이 견디기 힘들어진다. 이제는 봄에 언 땅이 녹고, 애써 움트고 올라오는 새싹의 작은 속삭임에 귀를 기울이게 되었다. 봄의 흙내, 공기 속을 흐르는 미나리 냄새 따위가 좋아지는 것이다.

시인은 '봄의 말'을 받아 적는다. 묵은 가지에서 연둣빛으로 돋아나는 새잎을 어찌 사랑하지 않을 수 있을까? 들판에서는 생명을 가진 것들이 저마다 꿈틀거리고 부스럭거리며 한시도 가만히 있질 않는다. 들로 뛰쳐나가 움츠렸던 가슴을 활짝 펴고 숨을 들이마셔 보라. 들은 생명의 약동 속에서 움직이며 속살거린다. 그 속살거림에 귀를 기울여 보라. 살아라, 자라라, 꽃을 피워라, 희망하라, 사랑하라, 기뻐하라, 새싹을 틔워라, 몰두하라. 이것은 죽은 것에서는 나올 수 없는 생명의 외침들이다. 이 외침들에는 기대와 설렘이 깃

들어 있다. 봄이 오면 심장이 살아서 뛰어야 한다. 봄에도 심장 박동이 거칠게 뛰지 않는다면, 그저 무기력하다면 그게 누구라도 잘못 살고 있는 것이다.

죽음의 푸가

파울 첼란*Paul Celan*

새벽의 검은 우유를 우리는 마신다 저녁에도

우리는 마신다 정오에도 또 아침에도 우리는 마신다
밤에도

우리는 마신다 또 마신다

우리는 공중에 무덤을 판다 거기서는 비좁지 않게
눕는다

한 남자가 집 안에 산다 그는 뱀을 데리고 논다 그는
편지를 쓴다

그는 편지를 쓴다 어두워지면 독일로 너의 금빛 머
릿결 마르가레테

그는 편지를 쓰고 밖으로 나온다 별들이 번득인다
그가 휘파람으로 자기 사냥개들을 불러낸다

그가 휘파람으로 제 유대인들을 불러낸다 땅에 무덤
을 파게 한다

그가 우리에게 명령한다 이제 춤곡을 연주하라

새벽의 검은 우유를 우리는 마신다 밤에도

우리는 너를 마신다 아침에도 또 정오에도 우리는 너를 마신다 저녁에도

우리는 마신다 또 마신다

한 남자가 집 안에 산다 그는 뱀을 데리고 논다 그는 편지를 쓴다

그는 편지를 쓴다 어두워지면 독일로 너의 금빛 머릿결 마르가레테

너의 잿빛 머릿결 줄라미트 우리는 공중에 무덤을 판다 공중에선 비좁지 않게 눕는다

그는 소리친다 너희들 한 무리는 더 깊이 땅을 파고 다른 너희들 무리는 노래하며 연주하라

그가 허리춤의 권총을 잡는다 그가 총을 휘두른다 그의 눈은 파랗다

너희들 한 무리는 더 깊이 삽을 박아라 너희들 다른 무리는 계속 춤곡을 연주하라

새벽의 검은 우유를 우리는 너를 마신다 밤에도

우리는 너를 마신다 낮에도 또 아침에도 우리는 너를 마신다 저녁에도

우리는 마신다 또 마신다

한 남자가 집 안에 산다 너의 금빛 머리카락 마르가레테

너의 잿빛 머릿결 줄라미트 그는 뱀을 데리고 논다

그가 소리친다 더 달콤하게 죽음을 연주하라 죽음은 독일에서 온 명인

그가 소리친다 더 어둡게 바이올린을 켜라 그러면 너희는 연기가 되어 공중에 오른다

이제 너희는 구름 속 무덤을 가진다 거기서는 비좁지 않게 눕는다

새벽의 검은 우유를 우리는 너를 마신다 밤에도

우리는 마신다 너를 정오에도 죽음은 독일에서 온

명인

　우리는 마신다 너를 저녁에도 또 아침에도 우리는 마신다 또 마신다

　죽음은 독일에서 온 명인 그의 눈은 파랗다

　그는 너를 맞힌다 납 총알로 그는 너를 정확하게 맞힌다

　한 남자가 집 안에 산다 너의 금빛 머리타락 마르가레테

　그는 우리를 향해 제 사냥개들을 몰아댄다 그는 우리에게 공중의 무덤을 선물한다

　그는 뱀들을 데리고 논다 또 꿈꾼다 죽음은 독일에서 온 명인

　너의 금빛 머릿결 마르가레테

　너의 잿빛 머릿결 줄라미트

파울 첼란은 괴테*Johann W. Goethe*, 횔덜린*Friedrich Holderlin*, 릴케와 더불어 독문학 역사상 가장 위대한 시인 반열에 든다. 1920년에 유대인 가정에서 태어났는데, 가족은 제2차 세계대전 중에 뿔뿔이 흩어져 결국 비극적으로 생을 마감했다. 그는 천신만고 끝에 살아서 돌아왔지만 1970년 파리 센강에 몸을 던져 자살한다. 「죽음의 푸가」는 나치가 만든 강제수용소에서의 생활을 토대로 쓴 시라고 한다. 첼란은 유대인으로 강제 노역, 강제 이주, 수용소 수감 등 갖은 박해를 견디고 끝내 살아남았다. 하지만 홀로코스트의 경험은 마치 괴이한 악신惡神처럼 그의 상상력 전체를 지배한다.

이 시의 도입부는 강렬하다. 아침, 점심, 저녁으로 마시는 "새벽의 검은 우유"는 죽음의 은유로 읽힌다. 홀로코스트의 공포와 고통이 얼마나 오랫동안 그의 무의식을 억압하고 있었는지를 깨닫게 한다. 그가 평생 품고 살았던 비애와 고통, 불안과 절망의 무게를 나는 알지 못한다. 그럼에도 이 시를 읽을 때마다 고통으로 가슴이 찢기는 듯하다. 독일에서 온 죽음의 명인, 사냥개, 뱀 따위는 그가 유대인으로서 겪은 죽음의 불안을, 즉 죽음의 무도곡이 연주되는 가운데 가스실에서 처형당하는 공포를 날것으로 드러낸다.

모음

아르튀르 랭보 *Arthur Rimbaud*

검은 A, 흰 E, 붉은 I, 초록의 U, 청색의 O 모음들이여

나는 언젠가 너희들의 내밀한 탄생을 말하리라

A, 잔인한 악취 주위를 윙윙거리는

화려한 파리떼들의 털투성이의 검은 코르셋,

어둠의 물굽이, E, 물거품과 천막의 순진함,

자랑스러운 빙하의 창, 흰 왕, 산형화의 흔들거림,

I, 적색, 내뿜는 피, 화났을 때나

도취하여 회개할 때의 아름다운 입술의 웃음

U, 원형, 녹색 바다의 신선한 전율,

동물들로 씨 뿌려진 방목장의 평화, 연금술이

집념 강한 커다란 이마에 찍어놓은 주름살의 평화

O, 이상한 날카로운 소리로 가득 찬 지고의 나팔,

세계와 천사가 가로지르고 있는 고요함,

오, 오메가, 신의 눈의 보랏빛 광선.

랭보는 당대의 천재 시인이다. 스무 살 이전에 재능이 만개했으니 더 이상 도달할 데가 없었다. 랭보는 시를 버리고 '바람 구두(랭보는 '바람 구두(맨발)를 신은 사나이'로 불리곤 했다)'를 신고 세계를 방랑하다가 생을 마감했다. 랭보처럼 쓰고 싶었지만 그것은 불가능했다. 몇십 년 동안 쓰디쓴 실패를 맛본 뒤에야 알았다. 시는 움직이는 생물이고, 우주의 비밀을 새긴 로제타석이라는 것을.

시는 움트고 줄기를 키워 열매를 맺고 여기저기 씨앗들을 흩뿌린다. 그 씨앗들은 어떤 토양에서든지 뿌리를 내리고 천방지축으로 자라난다. 시의 자양분들은 냉담과 열정, 피와 담배 연기, 알코올과 책들, 바람과 서리, 대낮과 쾌락들, 건강과 병들, 그늘과 관습에 대한 반역들 그리고 커피잔과 종이들…… 등등이다. 시는 이것들을 게걸스럽게 빨아들이고 더 많은 불행과 불면과 피를 요구한다. 마치 악덕 고리대금업자가 가난한 자의 고혈을 빨 듯이. 시여, 네게 더 이상 바칠게 없단다, 나는 지쳐서 항복한다, 이제 내게서 떠나라, 라고 외칠 무렵 시는 제 그림자 한쪽을 떼어주었을 뿐이다.

「모음」이란 시는 랭보가 얼마나 뛰어난 시인인가를 단박에 깨닫게 한다. 이 언어 천재는 제 모국어인 프랑스어 모음마다 색채와 울림, 감각적 이미지를 부여한다. 모음들은 풍부한 의미를 머금고 살아서 팔딱거린다. 랭보는 이 모음들을 제 마음대로 갖고 논다. 랭보에 따르면 A는 검은 코르셋, E는 물거품과 천막의 순진함, 빙하의 창, 흰 왕, I는 적색, 내뿜는 피다. 그리고 U는 원형, 녹색 바다의 전율, O는 이상한 소리로 가득 찬 지고의 나팔이자 고요함이고, 신의 눈의 보랏빛 광선이다.

질문의 책

파블로 네루다*Pablo Neruda*

어디에서 도마뱀은 꼬리에 덧칠할 물감을 사는 것일까.

어디에서 소금은 그 투명한 모습을 얻는 것일까.

어디에서 석탄은 잠들었다가 검은 얼굴로 깨어나는가.

젖먹이 꿀벌은 언제 꿀의 향기를 맨 처음 맡을까.

소나무는 언제 자신의 향을 퍼뜨리기로 결심했을까.

오렌지는 언제 태양과 같은 믿음을 배웠을까.

연기들은 언제 공중을 나는 법을 배웠을까.

뿌리들은 언제 서로 이야기를 나눌까.

별들은 어떻게 물을 구할까.

전갈은 어떻게 독을 품게 되었고

거북은 무엇을 생각하고 있을까.

그늘이 사라지는 곳은 어디일까.

빗방울이 부르는 노래는 무슨 곡일까.

새들은 어디에서 마지막 눈을 감을까.

왜 나뭇잎은 초록색일까.

우리가 아는 것은 한 줌 먼지만도 못하고

짐작하는 것만이 산더미 같다.

그토록 열심히 배우건만

우리는 단지 질문하다 사라질 뿐

새는 왜 날고 돌멩이는 왜 새처럼 날지 못하는가? 풀잎은 왜 녹색이고, 새벽은 왜 어둠을 지난 뒤에만 찾아오는가? 모란은 왜 저 혼자 피었다가 지는 걸까? 누구나 어렸을 때는 다 물음의 천재들이었다. 유년기에는 물음들로 충만해 있다가 어른이 되면 그 많은 물음들을 다 잊어버린다. 우주는 수수께끼로 가득 차 있는데 우리는 아무것도 모르는 채 살아간다. 우리는 무지라는 어머니의 돌봄을 받는 어린애인 까닭에 가슴에 늘 많은 물음들이 바글거린다. "나였던 그 아이는 어디 있을까, 아직 내 속에 있을까 아니면 사라졌을까?" 혹은 "왜 목요일은 스스로를 설득해 금요일 다음에 오도록 하지 않을까?" 혹은 "빗속에 서 있는 기차처럼 슬픈 게 이 세상에 또 있을까?"라는 구절들이 품은 것은 천진한 의문과 놀라운 호기심이다.

파블로 네루다는 물음 그 자체가 시임을 증명한다. 시는 물음에서 시작해서 물음으로 끝나는 것! 물음은 시의 첫 징조요, 첫걸음이고, 곧 피어날 꽃봉오리다. 물음보다 더 강력한 시의 촉매제가 이 세상 어디에 있으랴. 그것은 시의 알파이고 오메가다. 물음을 품지 않은 시는 좋은 시가 아니다. 그러므로 천진한 물음은 좋은 시의 새싹이다.

어린 시절 나는 빗속에 서 있는 기차가 왜 슬픈지를 도무지 알지 못했음을 고백한다. 어른이 되어서야 그 슬픔의 한 모서리를 무심코 쓰다듬었던 찰나를 기억해낼 수 있었다.

두이노의 비가—제1비가

라이너 마리아 릴케

내가 울부짖은들, 천사의 서열에서 누가 그 소리를
들어 주랴?
설혹 천사 하나가 나를 불현듯 품에 안는다 하여도
나는 그의 보다 강력한 존재에 소멸하리라.
아름다움이란 우리가 간신히 견디어 내는 두려움의
시작이기 때문이다.
아름다움을 우리가 그처럼 찬탄하는 것도
그것이 우리를 파멸시키는 일 따위는 멸시하는 까닭
이다.
모든 천사는 두렵다.

명민한 짐승들은 우리가 이 해석된 세계에서
마음 편히 뿌리내리지 못하고 있음을 잘 알고 있다.
우리에게 남겨진 것이란 아마도
날마다 바라보는 언덕의 한 그루 나무, 어제 거닐던 길
또는 한사코 우리 곁을 떠날 줄 모르는 어떤 관습에
의 맹종이리라.

……영웅은 스스로 자신의 존재를 유지하는 법,

몰락조차도 그에겐 존재를 위한 구실,

최후의 탄생에 불과했나니.

그러나 지친 자연은, 두 번 다시 그러한 사랑을 생산
할 힘이 없는 듯,

사랑으로 살다 간 여인들을 자신의 안으로 다시 거
두어들인다.

참으로 이상한 일이다. 이 지상의 세계에 더는 살아
있지 않다는 것은,

간신히 익힌 관습을 따라 하는 일도 없이,

장미꽃, 그리고 그 밖의 특별히 희망을 언약하던 사
물에게,

인간적 삶의 미래의 의미를 주지 않는다는 것은.

끝없이 불안한 손안에 들어 있는 존재가 더 이상 아
니고,

스스로의 이름마저도 부서진 장난감처럼 내버린다

는 것은.

　이상한 일이다. 세상의 소망을 더는 소원하는 일도
없이,
　서로 얽혀 있던 모든 것들이 나뭇잎처럼
　흩날리는 것을 바라본다는 것은.

출판사를 꾸릴 때 라이너 마리아 릴케의 연작시「두이노의 비가」전편을 읽고 싶은 욕심에 시인이자 번역자인 벗에서 번역을 의뢰했다.「오르페우스에게 바치는 소네트」를 함께 엮어『두이노의 비가 / 오르페우스에게 바치는 소네트』가 출간되었다.

릴케가 필생의 역작인「두이노의 비가」중 첫 번째인「제1비가」를 쓴 것은 1912년이다. 그는 아드리아해의 북쪽 해안과 바다를 한눈에 조망할 수 있는 이탈리아 두이노성에서 이 작품을 썼다. 마지막으로「제10비가」를 써서 매조진 것은 1922년이다. 릴케는 1875년 12월 4일 프라하에서 태어났는데, 그가「두이노의 비가」연작시를 마무리한 것은 37세에서 47세에 이르는 동안이다. 풋내기가 아니라 시인으로 원숙함에 이르렀던 때에 연작시를 완성한 것이다.

릴케의『말테의 수기』속 한 구절을 기억한다. "아, 그러나 사람이 젊어서 시를 쓰게 되면, 훌륭한 시를 쓸 수 없다. 시를 쓰기 위해서는 때가 오기까지 기다려야 하고 한평생, 되도록 오랫동안, 의미와 감미를 모아야 한다. 그러면 아주 마지막에 열 줄의 성공한 시행을 쓸 수 있을 거다." 열 몇 줄의 성공한 시행을 얻기 위해서는 풍부한 인생 경험이 있어야만 가능하다는 릴케의 말을 나는 새기면서 시를 썼다.

「두이노의 비가」를 읽는 순간 뇌의 전두엽은 놀라움으로 수축되고 만다. 첫 구절이 천사를 향한 장엄한 아리아 같은 외침으로 열린다. "내가 울부짖은들, 천사의 서열에서 누가 그 소리를 들어 주랴?"라는 첫 구절은 숨을 멎게 하면서 전율을 일으킨다. 이어지는 "아름다움이란 우리가 간신히 견디어 내는 두려움의 시작"이라는 구절을 두고, 나는 숙고했다. 왜 아름다움을 두려움의 시작이라고 했을까? 이 수수께끼 같은 물음에 대한 궁금증을 풀어내기까지 거의 40년이 걸렸다. 내가 명석한 머리를 타고나지 못한 탓이겠지만, 그만큼 이 물음이 심연을 품고 있기 때문이라고 믿는다.

여인숙

잘랄루딘 루미 *Jelaluddin Rumi*

인간이란 존재는 여인숙과 같다
아침마다 새로운 손님이 도착한다

기쁨, 절망, 슬픔
그리고 짧은 순간의 깨달음 등이
예기치 않은 방문객처럼 찾아온다

그 모두를 환영하고 맞아들이라
설령 그들이 슬픔의 군중이어서
그대의 집을 난폭하게 어지럽히고
가구들을 몽땅 내가더라도
그렇다 해도 각각의 손님들을 존중하라
그들은 어떤 새로운 기쁨을 주기 위해
그대를 청소하는 것인지도 모르니까

어두운 생각이나 부끄러운 후회라도
문가에서 웃으며 맞으라

그리고 그들을 집안으로 초대하라

누가 들어오든 감사하게 여기라

모든 손님은 저 멀리서 보낸

안내자들이니까

젊은 시절 한 항구도시를 여행하던 중 구舊도심에 무인도처럼 떠 있는 여인숙에서 하룻밤 묵은 적이 있다. 옆방에 나이 든 부부가 도란도란 나누는 얘기가 밤늦도록 그치지 않았다. 그 소리에 그만 잠을 설치고 말았다. 새벽 거리에 청소차가 다닐 때까지 잠 못 이룬 채 뒤척거렸다. 여인숙은 싼값에 하룻밤을 쉬어갈 수 있는 숙박업소다. 사람 발길이 잘 닿지 않는 외진 곳에 자리 잡고 있고, 작은 방과 방들이 얇은 벽을 사이에 두고 이어진, 아마도 노부부가 꾸리는 업소일지도 모른다. 옛날이라면 시골 장터를 떠도는 보부상들이 묵어갈 만한 곳이리라.

잘랄루딘 루미의 시「여인숙」은 첫 줄에서 마음을 쿵 하고 울린다. 한 인간이 '여인숙'이라니. 루미는 13세기 페르시아에서 활동한 신비주의 시인이다. 그는 지혜와 환대 같은 주제를 담은 시를 남겼다. "눈먼 자들의 시장에서 거울을 팔지 말라 / 귀먹은 자들의 시장에서 시를 낭송하지 말라"라는 시구는 쉬이 잊을 수가 없다. 슬프거나 외로울 때 가슴에 담았던 이 시구를 꺼내 가만히 읊조린다. 그러면 얼었던 마음이 모닥불 곁에 있는 듯 서서히 더워진다.

먼 나라에 살았던 이 시인에 따르면 사람은 저마다 하나의 여인숙이다. 이 여인숙에 기쁨, 절망, 슬픔 같은 손님들이 번갈아 가며 찾아온다. 손님들은 하룻밤 묵은 뒤 떠난다. 시인은 그들을 문가에서 웃으며 맞으라고 한다. 이들은 먼 곳에서 보낸 생의 안내자들이기 때문이다.

바람의 말

마종기

우리가 모두 떠난 뒤
내 영혼이 당신 옆을 스치면
설마라도 봄 나뭇가지 흔드는
바람이라고 생각지는 마.

나 오늘 그대 알았던
땅 그림자 한 모서리에
꽃나무 하나 심어 놓으려니
그 나무 자라서 꽃 피우면
우리가 알아서 얻은 모든 괴로움이
꽃잎 되어서 날아가 버릴 거야.

꽃잎 되어서 날아가 버린다.
참을 수 없게 아득하고 헛된 일이지만
어쩌면 세상 모든 일을
지척의 자로만 재고 살 건가.
가끔 바람 부는 쪽으로 귀 기울이면

착한 당신, 피곤해져도 잊지 마,

아득하게 멀리서 오는 바람의 말을.

젊은 시절, 마종기 시인의 「연가」 연작 시편을 줄줄이 외우며 보낸 적이 있다. 맥심 커피, 정독도서관과 서울 시내 고전음악 감상실들, 훔치고 싶을 만큼 매혹적인 잉게보르크 바하만의 재능, 김현과 김우창의 비평집들, 민음사의 '오늘의 시인' 시리즈로 나온 시집들, 차이콥스키*Tchaikovsky*의 〈1812년 서곡〉이 내 취향의 전부이던 시절이다. 중학교 3학년 여자아이의 가정교사를 하며 가끔 우이동 골짜기의 임자 없는 무덤을 찾곤 했다. 나는 스물한 살이었다. 늘 멀리서 오는 소식에 귀를 기울이곤 했다.

당신은 아득하게 멀리서 오는 바람의 말에 가슴 먹먹했던 적이 있는가? 당신과 헤어진 뒤 누구는 괴로워했을 테다. 아마도 그 사람은 눈멀고 귀 먼 채로 바람의 말에 귀를 기울이는 습관을 품었을 테다. 그게 멀리서 보내는 당신의 기척이라고 믿었을지도 모른다. 꽃나무가 자라서 바람에 흔들릴 때도 그게 당신과 연관이 있다고 믿고 싶었을 테다. 지금도 무심코 바람이 부는 쪽으로 귀를 기울이고 싶어진다. "착한 당신, 피곤해져도 잊지 마," 당신은 자꾸 내 귓가에 가만히 속

삭인다. 뭘 잊지 말라는 부탁인가? 당신이 내 귓가에

속삭이는 "아득하게 멀리서 오는 바람의 말"이란 어떤

말일까?

가옥찬가

김수영

무더운 자연 속에서

검은 손과 발에 마구 상처를 입고 와서

병든 사자처럼

벌거벗고 지내는

나는 여름

석간에 폭풍경보를 보고

배를 타고 가는 사람을

습관에서가 아니라 염려하고

삼 년 전에 심은 버드나무의 악마 같은

그림자가 뿜는 아우성 소리를 들으며

집과 문명을 새삼스럽게

즐거워하고 또 비판한다

하얗게 마른 마루 틈 사이에서

들어오는 바람에서

느끼는 투지와 애정은 젊다

자연을 보지 않고 자연을 사랑하라
목가가 여기 있다고 외쳐라
폭풍의 목가가 여기 있다고 외쳐라

목사여 정치가여 상인이여 노동자여
실직자여 방랑자여
그리고 나와 같은 집 없는 걸인이여
집이 여기에 있다고 외쳐라

하얗게 마른 마루 틈 사이에서
검은 바람이 들어온다고 외쳐라
너의 머리 위에
너의 몸을 반쯤 가려주는 길고
멋진 양철 차양이 있다고 외쳐라

세상은 두 부류로 나뉜다. 집 있는 자들과 집 없는 자들이다. 사람들은 왜 집을 그토록 갖고 싶어 할까? 집은 몸을 가려주고, 추위와 더위를 피하게 하며, 잠과 휴식을 제공한다. 그것은 삶의 영역, 사사로운 욕망과 비밀을 감싸는 공간, 안식과 기쁨을 주는 은신처다. 우리의 감정과 인격이 자라고, 자아가 빚어지는 장소라는 점에서 집은 실존의 중요한 거점이다. 집이 없다면 실존은 벌거벗은 거나 마찬가지일 테다.

때는 폭염을 견디려고 다들 반쯤은 벌거벗고 지내는 한여름이다. 폭풍경보가 내려진 날, 버드나무 가지는 거센 바람에 악마 같은 아우성을 내지른다. 문짝은 덜컹거리고 마루 틈으로는 검은 바람이 밀려든다. 비바람이 몰아칠 때 집은 "몸을 반쯤 가려주는 길고 멋진 양철 차양"을 가졌기에 그것을 피할 수가 있다. 시인은 목사와 정치가와 상인과 노동자와 실직자와 방랑자를 호명하며 "집이 여기에 있다고 외쳐라"라고 독려한다. 이 구절은 「가옥찬가」가 집을 소유한 자의 보람과 벅찬 기쁨만이 아니라 집과 문명을 즐거워하는 자신의 태도를 비판하는 시로 읽어야 함을 뜻한다.

그대 늙었을 때

윌리엄 버틀러 예이츠 *William B. Yeats*

그대 늙어 백발이 되어 졸음이 겨워서

난롯가에서 고개를 가만히 떨굴 때, 이 책을 꺼내

천천히 읽으며 그대가 옛날에 지녔던

부드러운 눈빛과 깊은 눈동자를 꿈꾸어라,

얼마나 많은 사람이 그대의 발랄하고 우아한

순간을 사랑했으며,

진정이든 거짓이든 얼마나

그대를 사랑했던가를,

하지만 오직 한 사람만이

그대의 방황하는 영혼을 사랑했고,

그대의 슬픔으로 변해가는 얼굴을

사랑했던가를,

달아오르는 쇠 살대 곁에 몸을 구부리고서,

조금은 슬프게 중얼거려라, 어떻게 사랑이

하늘 높이 달아나 산 위의

별들 사이에 숨었는가를.

너도나도 세월이 흐르면 늙는다. 이건 절대 부정할 수 없는 불변의 진리다. 노화는 선택할 수 있는 게 아니다. 누구나 늙음의 강변에 도달해 젊음의 뒤안길을 돌아보리라. 늙으면 흰머리가 생기고 근육량은 줄어든다. 그에 따라 외부 활동도 줄고 대인관계도 예전보다 협소해진다. 늙음이란 죽음이란 종착역 직전에 잠시 멈추는 간이역에 지나지 않는다. 아니, 그보다 사상가 크리스티안 생제르Christiane Singer의 말처럼 "늙음이란 잔인한 간수이자 감옥"일지도 모른다.

윌리엄 버틀러 예이츠는 늙은 여인이 난롯가에 앉아서 졸음에 겨워하며 제 젊은 날을 슬프게 회고하는 모습을 그려낸다. 수려한 외모와 빛나는 눈빛은 사라지고, 얼굴은 주름으로 가득하고 검은 머리는 백발로 변했다. 얼마나 많은 젊은이들이 우아하고 어여쁜 그녀의 미모에 반해 사랑을 고백했던가. 그 꽃다운 미모의 우아함과 그로 인해 누리던 영화榮華는 흔적도 없이 사라졌다. 나이 들면서 사랑을 고백했던 젊은이들은 다 떠났다. 오직 한 사람만이 방황하는 그녀 곁에서 늙어가는 모습을 고스란히 지켜보았을 따름이다. 사

랑과 젊음은 다 어디로 갔는가? 아마 그것은 하늘 높

이 달아나 산 위의 별들 사이에 숨었을 테다.

바다가 보이는 언덕에 서면

조지훈

바다가 보이는 언덕에 서면
나는 아직도 작은 짐승이로다.

인생은 항시 멀리
구름 뒤로 숨고

꿈결에도 아련한
피와 고기 때문에

나는 아직도
괴로운 짐승이로다.

모래밭에 누워서
햇살 쪼이는 꽃 조개같이

어두운 무덤을 헤매는 망령인 듯
가련한 거위와 같이

언젠가 한번은

손들고 몰려오는 물결에 휩싸일

나는 눈물을 배우는 짐승이로다

바다가 보이는 언덕에 서면.

「바다가 보이는 언덕에 서면」을 내 애송시의 한 편으로 꼽는 데 한 치의 망설임이 없다. 사춘기의 멜랑콜리를 자극하는 이 시에 어린 날의 여림을 겹쳐서 읽는다. 삶도 죽음도 모른 채 태어남이란 어딘가 불편하고 슬픈 일이란 조숙한 생각에 빠졌었다.

어린 시절엔 삶을 모른 채 그냥 살아낸다. 그때 나는 어디로 나아갈 바를 모르는 작은 생명체, 미처 눈물을 배우지 못한 짐승에 지나지 않았다. 일찍이 실존이 품은 어둠 한 조각과 외로움을 알아버렸던 것은 조숙했던 탓일까? 내가 어린 시절을 보낸 곳은 내륙이다. 나는 바다가 주는 해방감과 쾌락을 모른 채 내륙의 인간으로 자라났다. 내륙의 인간이란 들에서 허리를 굽히고 하는 농업 노동을 숙명으로 짊어진 존재라는 뜻이다. 그렇다고 농사를 지어본 적은 없다. 젊은 외삼촌들은 농업 노동의 고통을 견뎌내지 못하고 다들 도시로 떠났다.

인간은 왜 "꿈결에도 아련한 / 피와 고기 때문에" 괴로워할까? 나는 내륙의 삶에서 괴로움을 선험했을 뿐이다. 그 선험을 내면화하며 "어두운 무덤을 헤매는 망령"인 듯 헤매었다. 사춘기에는 "가련한 거위" 한 마리나 마찬가지였다. 나는 땅 위에서 천덕꾸러기처럼 어기적거리며 앞으로 나아갔다. "모래밭에 누워서 / 햇살 쪼이는 꽃 조개"같이 평화로운 시절은 없었다. 사춘기의 도덕적 번민, 불확실한 미래, 소용돌이치는 칙칙한 성욕 따위에 짓눌리곤 했다. 바다가 있었다면 그건 해방구와 같았을 테다. 바다가 내려다보이는 언덕이 있다면 나는 순진무구한 짐승처럼 뛰어 올라가고 싶어진다.

길

　나의 소년시절은 은빛 바다가 엿보이는 그 긴 언덕
길을 어머니의 상여와 함께 꼬부라져 돌아갔다.

　내 첫사랑도 그 길 위에서 조약돌처럼 집었다가 조
약돌처럼 잃어버렸다.

　그래서 나는 푸른 하늘빛에 호저 때없이 그 길을 넘
어 강가로 내려갔다가도 노을에 함북 자주빛으로 젖어
서 돌아오곤 했다.

　그 강가에는 봄이, 여름이, 가을이, 겨울이 나의 나이
와 함께 여러 번 댕겨갔다. 가마귀도 날아가고 두루미
도 떠나간 다음에는 누런 모래둔덕과 그러고 어두운
내 마음이 남아서 몸서리쳤다. 그런 날은 항용 감기를
만나서 돌아와 앓았다.

　할아버지도 언제 난지를 모른다는 마을 밖 그 늙은

184

버드나무 밑에서 나는 지금도 돌아오지 않는 어머니, 돌아오지 않는 계집애, 돌아오지 않는 이야기가 돌아올 것만 같아 멍하니 기다려 본다. 그러면 어느새 어둠이 기어와서 내 뺨의 얼룩을 씻어준다.

김기림은 1908년에 함경북도 성진에서 태어났다. 일본 유학을 마치고 돌아와 조선일보 사회부 기자를 하며 시와 비평을 썼다. 근대적 감성을 앞세운 모더니즘 계열의 정지용, 이태준 작가 등과 구인회 활동을 꾸렸다. 시인 이상의 멘토로 알려져 있는데, 이상이 일본에서 죽은 후, 1949년에 그의 작품들을 모아 『이상 전집』을 펴내기도 했다. 한국전쟁 당시 납북되었지만 안타깝게도 생사는 확인할 수 없었다.

「길」은 1936년 월간지 《조광》 2권 3호에 발표한 산문이다. 요즘 이 글은 시로 받아들여지고 읽히는 추세다. 작품은 소년 시절 길의 기억에 아로새겨진 풍경을 점묘하고 있다. 은빛 바다가 보이는 언덕을 돌아나가는 길이 있고, 소년 화자는 "그 긴 언덕길을 어머니의 상여와 함께 꼬부라져 돌아갔다."고 한다. 모성 상실의 슬픈 기억을 환기시키는 길 위에 서 있는 이 소년은 언제 심었는지 할아버지조차 알지 못하는 늙은 버드나무 밑에서 돌아오지 않는 어머니를 기다리는 소년과 동일인이다. 죽은 어머니와 사라진 첫사랑은 둘 다 현실에 부재하는 인물이다. 영원히 돌아오지 않는 이

들을 향한 애틋한 그리움과 기다림은 흰 수건에 수놓

인 듯 새겨지는 것이다.

삼십 세

최승자

이렇게 살 수도 없고 이렇게 죽을 수도 없을 때 서른
살은 온다.
　시큰거리는 치통 같은 흰 손수건을 내저으며
　놀라 부릅뜬 흰자위로 애원하며.

　내 꿈은 말이야, 위장에서 암세포가 싹트고
　장가는 거야, 간장에서 독이 잠깐 눈뜬다.
　두 눈구멍에 죽음의 붉은 신호등이 켜지고
　피는 젤리 손톱은 톱밥 머리칼은 철사
　끝없는 광물질의 안개를 뚫고
　몸뚱어리 없는 그림자가 나아가고
　이제 새로 꿀 꿈이 없는 새들은
　추억의 골고다로 날아가 뼈를 묻고
　흰 손수건이 떨어뜨려지고
　부릅뜬 흰자위가 감긴다.

　오 행복행복행복한 항복

기쁘다우리 철판깔았네

최승자가 젊은 날에 썼던 시를 떠받치는 것은 파괴 열정, 어떤 독기, 죽지 못해 꾸리는 누추한 삶을 향한 풍자와 자학이다. 이것은 지난 1980년대의 황당무계한 죽임과 죽음의 문화에 맞서는 절망과 애도의 노래일 테다. 현실을 '개 같다'라거나 '이것은 아냐!'라고 전면 부정하는 일은 어렵지 않다. 최승자는 죽음의 이미지들, 몸속에 말뚝 뿌리로 박힌 아버지, 병든 자궁 같은 자학과 혐오를 덧씌운 이미지들로 1980년대의 절망과 지옥 같은 현실을 섬뜩하게 드러낸다. 그것은 1980년대에 바친 조사弔詞이자 더없이 암담한 추도사일 테다.

서른 살은 어떻게 오는가? "이렇게 살 수도 없고 이렇게 죽을 수도 없을 때 서른 살은 온다."라고 노래한다. 최승자의 「삼십 세」는 바하만의 「삼십세」와 견줄 만하다. 인생의 아이러니가 번뜩인다는 점에서 바하만의 시보다 더 불행에 침식된 것으로 읽힌다. 시인은 죽음에 친화적인 상상력을 열어젖힌 채로 제 부정적 상상력을 어디까지 밀고 나아가는가? 그의 촉수는 극단으로 치닫고, 그 상상력은 막장이다. "두 눈구멍에 죽음의 붉은 신호등이 켜지고 / 피는 젤리 손톱은 톱밥 머리칼은 철사"라는 구절에서 피, 손톱, 머리칼은 각각 젤리, 톱밥, 철사로 변한다. 그리고 "이제 새로 꿀꿈이 없는 새들은 / 추억의 골고다로 날아가 뼈를 묻고"라는 구절로 유추하자면 죽음의 징후와 파괴에의 불길함에 가 닿는다.

고양이

샤를 보들레르 *Charles P. Baudelaire*

이리 오너라, 내 귀여운 나비야,
사랑하는 이 내 가슴에 발톱일랑 감추고

금속과 마노가 뒤섞인 아름다운 내 눈 속에
나를 푹 파묻게 해 다오.

너의 머리와 부드러운 등을 내 손가락으로
한가로이 어루만질 때에

전율하는 너의 몸을 만지는 즐거움에
내 손이 도취할 때에

나는 내 마음속의 아내를 그려보네.

그녀의 눈매는 사랑스런 짐승
너의 눈처럼 아득하고 차가워
투창처럼 자르고 뚫어

발끝에서 머리끝까지

미묘한 숨소리, 변덕스런 향기
그 갈색 육체를 감도는구나.

고양이여, 너는 어느 피안에서 이 세상으로 왔는가? 고양이는 깨어 있을 땐 질주하고 높은 곳으로 뛰어오른다. 우리는 거실을 가로질러 달리는 고양이에 감탄한다. 고양이는 뇌 중추에서 일어나는 생각을 즉각 운동 에너지로 전환한다. 그런 탓에 고양이는 피로나 죽음을, 그리고 존재의 고갈을 도무지 모른다. 고양이는 수고를 찢고 곧바로 도약한다. 그것은 자유, 생명의 환희, 빛과 음악, 기쁨으로 빚은 존재 그 자체다. 본디 야생의 날랜 사냥꾼이었던 고양이는 여기에 나타나고 이내 저기에서 나타난다. 호기심으로 주변 사물과 지형을 꼼꼼하게 탐색하고 사물마다 말을 거는 듯하다.

관찰해 보니 고양이는 침묵 속에 칩거하거나 볕 아래 몸을 둥글게 말고 잔다. 배가 고플 때만 집사에게 보채며 야옹거린다. 우리는 작은 두개골과 갈비뼈 아래 자주 골골거리며 제 기쁨을 표현하는 고양이에게 매혹당한다. 고양이에게 매혹당한 시인은 이렇게 애걸한다. "금속과 마노가 뒤섞인 아름다운 내 눈 속에 / 나를 푹 파묻게 해 다오." 고양이의 눈매, 포근한 털에 감싸인 둥그런 몸, 선심 쓰듯 간간이 보여주는 애교…… 그것들은 우리에게 감동을 준다. 고양이는 아름다운 눈동자와 멋진 수염을 갖고, 또 "미묘한 숨소리, 변덕스런 향기"를 가진 팜므파탈이다. 팜므파탈이 여러 매력을 지닌 치명적인 유혹자이듯, 고양이들은 평소에 온순하다가 사냥감 앞에서는 날카로운 발톱을 드러내며 포효한다.

4장

어쩌면 시를 잊고 살았기 때문에
그토록 외로웠던 것일지도

저 하찮은 돌멩이들은 얼마나 행복할까

에밀리 디킨슨 *Emily E. Dickinson*

얼마나 행복할까 저 하찮은 돌멩이들은

길에 저 혼자 뒹구는,

성공에 얽매이지도 않으며

위기에도 결코 떨지 않으며

그가 입은 겉옷은 자연의 갈색,

우주가 그를 위해 걸쳐 준 것

태양인 듯 자유롭게

합쳐하고 또는 저 혼자 빛나며,

절대적인 신의 섭리를 따르며

아무런 꾸밈도 없이

에밀리 디킨슨은 19세기에 활동한 미국 시인이다. 평생 결혼도 하지 않은 채 은둔 생활을 한 것으로 유명하다. 디킨슨이 과도한 대인 기피 증세를 보인 데는 여러 이유가 복합적으로 얽혀 있다. 시력이 나빠진 것, 신경증을 앓는 어머니를 돌봐야 하는 책임, 종교 문제, 아버지의 고루한 사고방식 등의 영향으로 짐작된다. 디킨슨은 자신을 "북극광처럼 빛나는" 존재로 아끼던 오티스 로드_Otis P. Lord_ 판사의 죽음에 낙담하고 세상과 담을 쌓고 지내다가, 1886년 5월 15일, 55년 5개월 5일이라는 삶을 마치고 조용히 눈을 감는다.

「저 하찮은 돌멩이들은 얼마나 행복할까」는 소박한 서정시다. 길 위에 뒹구는 하찮은 돌멩이의 처지를 부러워하는데, 그것은 하찮은 사물임에도 "성공에 얽매이지도 않으며 / 위기에도 결코 떨지 않"는 까닭이다. 돌멩이를 감싼 외투는 "자연의 갈색"이고, 그것은 돌멩이와 매우 잘 어울린다. 그리고 돌멩이는 어디에 있든지 "태양인 듯" 자유롭고 "저 혼자" 빛난다.

19세기 미국에서 여성으로 산다는 것의 어려움을 나는 잘 알지 못한다. 하찮은 돌멩이의 처지를 동경하는 시를 통해 여성의 내면을 옥죄는 억압에 대해 조금 짐작해볼 수 있다. 더 많은 자유와 행복을 누리고, 더 큰 존재감을 뽐내려는 한 여성 시인의 갈망은 고압적인 시대가 쉬이 허락하지 않았을 테다. 이 짧은 서정시 속에는 시대의 억압을 송곳처럼 뚫고 나아가려는 시인의 무의식적 욕망이 숨길 수 없이 드러난다.

치자꽃 설화

박규리

사랑하는 사람을 달래 보내고

돌아서 돌계단을 오르는 스님 눈가에

설운 눈물 방울 쓸쓸히 피는 것을

종각 뒤에 몰래 숨어 보고야 말았습니다

아무도 없는 법당문 하나만 열어놓고

기도하는 소리가 빗물에 우는 듯 들렸습니다

밀어내던 가슴은 못이 되어 오히려

제 가슴을 아프게 뚫는 것인지

목탁소리만 저 홀로 바닥을 뒹굴다

끊어질 듯 이어지곤 하였습니다

여자는 돌계단 밑 치자꽃 아래

한참을 앉았다 일어서더니

오늘따라 가랑비 엷게 듣는 소리와

짝을 찾는 쑥국새 울음소리 가득한 산길을

휘청이며 떠내려가는 것이었습니다

나는 멀어지는 여자의 젖은 어깨를 보며

사랑하는 일이야말로

가장 어려운 일인 줄 알 것 같았습니다

한번도 그 누구를 사랑한 적 없어서

한번도 사랑받지 못한 사람이야말로

가장 가난한 줄도 알 것 같았습니다

떠난 사람보다 더 섧게만 보이는 잿빛 등도

저물도록 독경소리 그치지 않는 산중도 그만 싫어

나는 괜시리 내가 버림받은 여자가 되어

버릴수록 더 깊어지는 산길에 하염없이 앉았습니다

눈으로 쓱 읽어도 그 내용을 속속들이 파악할 수 있는 시다. 쉬운 시가 늘 좋은 것은 아니지만 좋은 시는 만인의 감정과 조응하는 바가 있어야만 한다. 만남과 이별에 얽힌 애절한 스토리텔링을 조곤조곤 풀어내는 이 시는 인생 여정의 한 대목을 그림처럼 선명하게 보여준다.

속세와의 인연을 끊은 스님은 저를 찾아 절까지 달려온 여인을 달래서 돌려보낸다. 치자꽃 그늘 아래 여인은 스님의 말을 듣고 산길을 말없이 휘청이며 내려간다. 이승에서 맺은 인연은 거기까지다. 마침내 헤어져 돌아서는 자의 등은 이별의 최후통첩이다. 정인을 남기고 돌아선 여자의 젖은 어깨, 여인을 떠나보낼 수밖에 없는 스님의 잿빛 등보다 더한 이별의 슬픔을 보여주는 것은 없다. 인연을 정리한 연인의 아픔을 우리는 미처 다 헤아릴 수가 없다. 뒷모습을 보이며 떠나는 이에게서 "사랑하는 일이야말로 가장 어려운 일인 줄 알았다"는 깨침이 이 시가 품은 절정일 테다.

이 사랑

자크 프레베르 *Jacques Prevert*

이 사랑은

이토록 난폭하고

이토록 약하고

이토록 부드럽고

이토록 절망에 떨어진

이 사랑은

대낮같이 아름답고

날씨같이 나쁜 사랑은,

날씨가 궂을 때

이토록 정직한 이 사랑은

이토록 아름다운 이 사랑은

이토록 행복하고

이토록 기쁘고

또 이토록 허무해

어둠속 어린애같이 두려움에 떨지만

한밤중에도 태연한 어른같이 의젓한 이 사랑은

다른 이들을 두렵게 하던 이 사랑은

그들의 입을 열게 하던

그들을 환멸에 빠트리던 이 사랑은

우리가 그네들을 목지키고 있었기에

염탐당한 이 사랑은

우리가 그를 쫓고 해를 입히고 짓밟고 죽이고

부정하고 잊어버렸기에

쫓기고 상처받고 짓밟히고 살해당하고

부정되고 잊힌 이 사랑은

아직 이토록 생생하고

이토록 볕에 쪼인

송두리째 이 사랑은

이것은 너의 것

이것은 나의 것

언제나 언제나 새로웠던 그것

한 번도 변함없던 사랑

초목같이 진정하고

새처럼 연약하고

여름처럼 따듯하고 생명으로 풍성한

우리는 둘이 다

가고 올 수 있으며

우리는 잊을 수 있고

우리는 다시 잠들 수 있고

잠 깨고 괴로워하고 늙어가고

다시 잠들고

죽음을 소망하고

정신이 들어 미소 짓고 웃음을 터트리고

다시 젊어질 수 있지만

우리의 사랑은 여기 고스란히

멍텅구리같이 우직하고

욕망같이 피가 끓고

기억같이 잔인하고

회한같이 어리석고

대리석같이 차디차고

대낮같이 아름답고

어린애같이 연약하여

웃음을 터트리며 우리를 바라본다.

아무 말을 하지 않아도 우리에게 말한다.

나는 몸을 떨며 귀를 기울인다.

그래 나는 외친다.

너를 위해 외친다.

나를 위해 외친다.

네게 애원한다.

너를 위해 나를 위해 서로 사랑하는 이들을 위해

서로 사랑했던 이들을 위해

그래 나는 외친다

너를 위해 나를 위해

내가 모르는 다른 이들을 위해

거기 있어라

지금 있는 거기 있어라

옛날에 있던 그 자리에

거기 있어라

움직이지 마라

떠나버리지 마라

사랑받은 우리는

너를 잊을지 모르지만

너는 우리를 잊지 않았다.

우리에겐 대지 위에 오직 너 하나뿐

우리들 차디차게 변하도록 내팽개치지 마라

항상 더욱 먼 곳에서도

그리고 그 어디에서든

우리에게 생명의 기별을 다오

훨씬 더 먼 날 어느 숲 기슭에서

기억의 숲 속에서

문득 솟아나라

우리에게 손을 내밀고

우리를 구원하라.

자크 프레베르는 1900년 2월 4일 프랑스의 뇌이쉬르센에서 태어나 시나리오 작가 겸 시인으로 활동했다. 아버지는 영화와 연극 비평을 했는데, 그 덕분에 프레베르는 어린 시절부터 공연장과 극장을 자주 드나들었다. 그는 열다섯 살 때 학교를 그만두고, 1925년에 초현실주의 예술운동에 뛰어들며 시를 썼다. 여러 편의 샹송 가사를 작사하는 일에 참여했는데, 세계적으로 널리 불리는 샹송 「고엽」의 작사자로도 잘 알려져 있다.

대개는 행복하게 하지만 더러는 불행에 빠뜨리기도 하는 것이 사랑이다. 프레베르는 멍텅구리, 욕망, 기억, 회한, 대리석, 대낮, 어린애라는 비유를 사랑과 짝을 지으면서 날것으로서의 사랑을 폭로한다. 누가 사랑을 아름답다고 말하는가? 사랑은 아름다우며 추악하고, 다정하며 더러는 잔인하다. 프레베르는 사랑을 두고 "이토록 난폭하고 / 이토록 약하고 / 이토록 부드럽고 / 이토록 절망"에 이르게 하는 것이며, 동시에 "이토록 정직한 이 사랑은 / 이토록 아름다운 이 사랑은 / 이토록 행복하고 / 이토록 기쁘고 / 또 이토록 허

무"한 것이라고 노래한다. 세상에는 대낮같이 아름다
운 사랑도 있지만 험악한 날씨처럼 나쁜 사랑도 있다.
사랑은 고집 세고 어리석고 잔인하고 차디차고, 다른
한편으로 아름답고 연약하며 웃음 짓게 한다. 나를 스
쳐간 그 많은 사랑이여, 어느 날 기억의 숲에서 가뭇
없이 솟아나거라.

대숲 아래서

나태주

1

바람은 구름을 몰고

구름은 생각을 몰고

다시 생각은 대숲을 몰고

대숲 아래서 내 마음은 낙엽을 몬다.

2

밤새도록 댓잎에 별빛 어리듯

그슬린 등피에는 네 얼굴이 어리고

밤 깊어 대숲에는 후둑이다 가는 밤 소나기 소리.

그리고도 간간이 사운대다 가는 밤바람 소리.

3

어제는 보고 싶다 편지 쓰고

어젯밤 꿈엔 너를 만나 쓰러져 울었다.

자고 나니 눈두덩엔 메마른 눈물자죽,

문을 여니 산골엔 실비단 안개.

4

모두가 내 것만은 아닌 가을,

해 지는 서녘구름만이 내 차지다.

동구 밖에 떠도는 애들의

소리만이 내 차지다.

또한 동구 밖에서부터 피어오르는

밤안개만이 내 차지다.

하기는 모두가 내 것만은 아닌 것도 아닌

이 가을,

저녁밥 일찍이 먹고

우물가에 산보 나온

달님만이 내 차지다.

물에 빠져 머리칼 헹구는

달님만이 내 차지다.

한 떨기 이슬처럼 빛나는 서정시다. 산골 외딴집, 그 슬린 등피 안에서 주황빛 불꽃이 고즈넉하게 타오르고, 그 아래에서 청년은 사랑하는 이에게 보고 싶다고 한 자 한 자 꾹꾹 눌러 편지를 쓴다. 편지를 다 마치지 못한 채 잠든 청년은 꿈속에서 운다. 이튿날 잠 깬 청년의 눈두덩엔 마른 눈물 자국이 남아 있다. 밤늦게 소나기가 후두둑 다녀가고, 산골은 실비단 안개에 감싸인다. 그러거나 말거나 실바람에 대숲이 사운거리는 풍경이 손에 잡힐 듯 선명하다.

「대숲 아래서」는 조촐한 산골 생활에 자족하며 사는 사람의 참된 생각으로 가득 찬 시다. 달빛, 대숲, 밤안개, 달님, 우물이 어우러진 시를 읽으면서 나 역시 참된 사람이 되고 싶었다. 어디 한 군데 삿된 생각이 스며들지 않은 시, 한 점 오욕이나 티끌도 묻히지 않은 시, 이런 무욕한 시는 순수하게 산 이만 쓸 수 있다. 읽고 나면 머리를 찬물로 헹군 듯 맑아지는 시, 삶의 올바름으로 이끄는 시다. 이게 좋은 시가 아니라면 어떤 시가 좋은 시인가? 스무 살 무렵 이 시에 크게 감동을 받았다. 좋은 시란 좋은 삶에서 나온다는 걸 벼락

같이 깨달은 탓이다.

　나태주 시인이 젊은 시절에 「대숲 아래서」를 신춘문예 공모에 제출해서 당선한 것은 1973년이다. 시골에서 초등학교 선생을 하며 경외하는 시인들의 시를 읽으며 외롭게 습작에 몰두하던 중 그 어렵다는 신춘문예를 뚫고 시인이라는 향기로운 관을 쓴다. 심사위원 중 한 분이 박목월 시인이다. 그런 까닭에 나태주 시인은 박목월 시인을 평생 스승으로 섬겼다.

두 번은 없다

비스와바 쉼보르스카 *Wisława Szymborska*

두 번은 없다. 지금도 그렇고
앞으로도 그럴 것이다. 그러므로 우리는
아무런 연습 없이 태어나서
아무런 훈련 없이 죽는다.

우리가, 세상이란 이름의 학교에서
가장 바보 같은 학생일지라도
여름에도 겨울에도
낙제란 없는 법.

반복되는 하루는 단 한 번도 없다.
두 번의 똑같은 밤도 없고,
두 번의 한결같은 입맞춤도 없고,
두 번의 동일한 눈빛도 없다.

어제, 누군가 내 곁에서
네 이름을 큰 소리로 불렀을 때,

내겐 마치 열린 창문으로

한 송이 장미꽃이 떨어져내리는 것 같았다.

오늘, 우리가 이렇게 함께 있을 때,

난 벽을 향해 얼굴을 돌려버렸다.

장미? 장미가 어떤 모양이었지?

꽃이었던가, 돌이었던가?

힘겨운 나날들, 무엇 때문에 너는

쓸데없는 불안으로 두려워하는가.

너는 존재한다— 그러므로 사라질 것이다

너는 사라진다— 그러므로 아름답다

미소 짓고, 어깨동무하며

우리 함께 일치점을 찾아보자.

비록 우리가 두 개의 투명한 물방울처럼

서로 다를지라도······.

쉼보르스카는 1923년 폴란드에서 태어나 1996년 노벨문학상을 수상한다. 폴란드에서는 초등학교 교과서에 시가 실릴 정도로 국민의 사랑을 받는 시인인데, 2012년 지병인 폐암으로 세상을 떠났다.

쉼보르스카의 시에서 사물과 현상에 대한 관찰은 모호함이 없다. 그는 평이한 소재를 다룰 때조차 투명한 관찰로 명석한 시를 빚어낸다. "아무런 연습 없이 태어나서 / 아무런 훈련 없이 죽는다."라고 노래한 시구도 명석해서 한 점 모호함도 끼어들 여지가 없다. "두 번은 없다"는 것은 인생의 한 핵심을 꿰뚫는다. 누가 두 번의 생을 꿈꾸는가? 우리의 생에서 반복되는 하루는 없다. 태어나서 사는 동안 똑같은 입맞춤, 똑같은 눈빛을 만날 수는 없다. 우리의 존재함은 돌이킬 수 없는 일회성으로만 견고하다. 우리 존재가 숭고하고 애틋하면서도 아름다운 것은 그것이 일회성으로 휘발되는 것이기 때문이다. 그래서 시인은 "너는 사라진다— 그러므로 아름답다"라고 썼을 테다.

해바라기의 비명碑銘
─청년화가 L을 위하여

함형수

나의 무덤 앞에는 그 차가운 빗돌을 세우지 말라.

나의 무덤 주위에는 그 노오란 해바라기를 심어 달라.

그리고 해바라기의 긴 줄거리 사이로 끝없는 보리밭을 보여 달라.

노오란 해바라기는 늘 태양같이 태양같이 하던 화려한 나의 사랑이라고 생각하라.

푸른 보리밭 사이로 하늘을 쏘는 노고지리가 있거든 아직도 날아오르는 나의 꿈이라고 생각하라.

시인 함형수는 1914년에 태어나 1946년에 죽었다. 32세, 단명이다. 서정주, 김동인 등과 《시인부락》 동인 활동을 했지만 시 열일곱 편을 남겼을 뿐이다. 이북이 고향인 시인은 노동자 숙소를 전전하고 정신착란을 앓다가 짧은 생을 끝냈다.

「해바라기의 비명」은 화가 빈센트 반 고흐_{Vincent van Gogh}를 떠올리게 한다. 고흐는 가난했고, 생은 불우했다. 둘 다 해바라기를 사랑했다. 이 시는 누군가의 묘비명을 그대로 옮긴 듯하다. '청년화가 L을 위하여'라는 부제로 유추하자면 묘비명의 주인은 청년화가 L이다. 후대의 독자들은 그가 누구인지는 알 수 없다.

이 시의 핵심은 "나의 무덤 앞에는 그 차가운 빗돌을 세우지 말라. / 나의 무덤 주위에는 그 노오란 해바라기를 심어 달라."는 구절이다. 무덤 앞에 빗돌을 세우지 말고, 그 주변에 해바라기를 심어 달라는 요청은 애절하면서도 소박하다. 그 소박함에는 목숨에 애면글면하지 않는 단호함도 녹아 있다. 각각의 시행이 세우지 말라, 심어 달라, 보여 달라, 생각하라 라고, 부탁과 청유의 뜻을 담은 종결 어미로 끝나는 게 인상적이다. 시인 함형수는 불우하게 죽었지만 그의 꿈만은 사라지지 않았을 테다. 지인들에게 "푸른 보리밭 사이로" 솟구쳐 날아오르는 노고지리를 "나의 꿈"으로 알아달라고 요청한 것은 과연 이루어졌을까?

겨울 물고기

조지프 브로드스키

물고기는 겨울에도 산다.

물고기는 산소를 마신다.

물고기는 겨울에도 헤엄을 친다.

눈으로 얼음장을 헤치며.

저기

더 깊은 곳

물고기들

물고기들

물고기들

물고기는 겨울에도 헤엄을 친다.

물고기는 떠오르고 싶어 한다.

물고기는 빛 없이도 헤엄을 친다.

겨울의

불안한 태양 밑에서,

물고기는 죽지 않으려고 헤엄을 친다.

영원히 같은

물고기의 방식으로.

물고기는 눈물을 흘리지 않는다.

얼음덩어리에 머리를 기대고

차디찬 물속에서

얼어붙는다.

싸늘한 두 눈의

물고기들이.

물고기는 언제나 말이 없다.

그것은 그들이

말을 하지 않기 때문이다.

물고기에 대한 시도

물고기처럼

목구멍에 걸려

얼어붙는다.

인류 역사에는 혁명의 대의이든, 정의의 깃발을 앞세운 것이든 무고한 생명을 대량 살상한 더럽고 잔인한 폭력의 기록들이 엄연하게 남아 있다. 나치의 홀로코스트, 일본 제국주의 군대의 난징 대학살, 시아누크_Norodom Sihanouk_의 크메르루주, 폴 포트_Pol Pot_ 정권의 대학살, 구소련 시대의 흐루쇼프_Nikita Khrushchyov_와 스탈린_Joseph Stalin_ 등이 저지른 학살은 인류 역사에 남을 만한 추악한 부분이다. 살육의 시대에도 끝끝내 살아남은 사람들이 가진 트라우마는 사라지지 않는다. 그것은 벗을 길 없는 멍에이고 내면에 찍힌 낙인이다. 홀로코스트의 끔찍함에서 살아 돌아온 파울 첼란도, 아우슈비츠에서 기적인 듯 살아 돌아온 프리모 레비_Primo Levi_도 나중에 스스로 목숨을 끊었다.

얼음장 밑에서 산소를 마시고 헤엄을 치며 사는 '겨울 물고기'는 질곡 속의 존재를 표상한다. 그들의 생명은 늘 위태롭다. "겨울의 / 불안한 태양 밑에서, / 물고기는 죽지 않으려고 헤엄을 친다." 겨울 물고기들은 죽지 않으려고 헤엄을 친다. 이것이 겨울 물고기들이 맞닥뜨린 운명이다. "물고기는 눈물을 흘리지 않는다."

생명이 위태로운 극한 상황 속에서는 눈물을 흘리지는 않지만 얼음덩어리 아래서 공포로 피가 얼어붙는다. "얼음덩어리에 머리를 기대고 / 차디찬 물속에서 / 얼어붙는다." 이 시는 억압 체제 아래서 죽음의 공포를 겪은 조지프 브로드스키 같은 사람만이 쓸 수 있는 시다. 이 시를 읽을 때마다 가슴이 저릿한 통증을 느낀다.

전주

자전거를 끌고

여름 저녁 천변길을 슬슬 걷는 것은

다소 상쾌한 일

둑방 끝 화순집 앞에 닿으면

찌부둥한 생각들 다 내려놓고

오모가리탕에 소주 한 홉쯤은 해야 맞으리

그러나 슬쩍 피해가고 싶다 오늘은

물가에 내려가 버들치나 찾아보다가

취한 척 부러 비틀거리며 돌아간다

썩 좋다

저녁빛에 자글거리는 버드나무 잎새들

풀어헤친 앞자락으로 다가드는 매끄러운 바람

(이런 호사를!)

발바닥은 땅에 차악 붙는다

어깨도 허리도 기분이 좋은지 건들거린다

배도 든든하고 편하다

뒷골목 그늘 너머로 오종종한 나날들이 어찌 없겠는

가 그러나

그러나 여기는 전주 천변

늦여름, 바람도 물도 맑앟고

길은 자전거를 끌고 가는 버드나무 길이다

이런 저녁

북극성에 사는 친구 하나

배가 딴딴한 당나귀를 눌러 타고 놀러오지 않을라

그러면 나는 국일집 지나 황금 슈퍼 앞쯤에서 그이
를 마중하는 거지

그는 나귀를 타고 나는 바퀴가 자글자글 소리내며
구르는 자전거를 끌고

껄껄껄껄껄껄 웃으며 교동 언덕 대청 넓은 내 집으
로 함께 오르는 거지

바람 좋은 저녁

'전주'는 어떤 도시를 가리키는 지명 그 이상이다. 그곳은 "배가 딴딴한 당나귀를 눌러 타고 놀러오지 않을라"라는 청유를 감당할 만한 장소성과 "여름 저녁 천변길을 슬슬 걷는" 행위를 받아주는 평화로운 시간이 결합하며 나타난다. 과연 이런 곳이 있을까? 만일 있다면 "찌부둥한 생각들 다 내려놓고", "오종종한 나날들"을 펼치며 산다고 이웃들에게 크게 흠이 되지는 않을 테다.

　늦여름 저녁 한때, 자전거를 끌고 전주 천변을 한가로이 거닐며 주변 풍광을 해찰하는 시인의 눈매가 선량하다. 천변 가까운 화순집, 국일집, 황금 슈퍼 같은 상호도 정답다. 저녁 빛이 엉겨 붙어 자글거리는 버드나무 잎새들. 길은 버드나무 길이고, 발바닥은 땅에 차악 붙는다. 바람도 기분 좋게 불고 있으니 몸도 마음도 두루 편안하다. 딱히 바쁜 일도 없으니 몸을 건들거리며 걷는다. 한량처럼 천변 길을 따라 걷다 보니 오모가리탕에 소주 한 홉 마실 기대가 간절해지는 것이다.

부부

함민복

긴 상이 있다

한 아름에 잡히지 않아 같이 들어야 한다

좁은 문이 나타나면

한 사람은 등을 앞으로 하고 걸어야 한다

뒤로 걷는 사람은 앞으로 걷는 사람을 읽으며

걸음을 옮겨야 한다

잠시 허리를 펴거나 굽힐 때

서로 높이를 조절해야 한다

다 온 것 같다고

먼저 탕 하고 상을 내려놓아서도 안 된다

걸음의 속도도 맞추어야 한다

한 발

또 한 발

시는 심상한 것의 심상치 않은 발견이다. 아무 발견도 머금지 못한 시라면 밋밋하고 무미한 말의 무더기일 테다. 무심히 지나치는 익숙한 것에서 낯선 사유를 끄집어내는 게 시인이다. 스프링처럼 탄력을 가진 상상력은 시인에게 사물의 발견자라는 지위를 부여할 수 있는 조건이다.

이 시는 '부부'의 관계에 대한 관찰을 넌지시 드러낸다. 부부란 한 시대를 함께 겪는 동반자로, 가정을 살뜰하게 꾸리기 위해 힘과 지혜를 보태고 모아야 하는 협력 관계일 테다. 하지만 뜻이 맞지 않아 등 돌리고 돌아서면 남이 되어버리는 것이 부부다. 부부는 '사이'를 두고 살아가는데, 그 사이에는 비바람이 내리치고 눈과 한파, 우레와 벼락이 몰아치기도 할 것이다. 이 시는 사물과 현상을 새롭게 발견하는 시인의 남다른 안목이 돋보인다. 긴 상을 부부가 들어 옮기는 일은 얼마나 평범한 일상의 일인가. 긴 상을 안전하게 옮기려면 반드시 협업이 필요하다. 시인은 "잠시 허리를 펴거나 굽힐 때 / 서로 높이를 조절해야 한다"라고 쓴다. 이런 구절이 무심하게 누설하는 것은 생활 경험에 대한 통찰이고 지혜이다. 두 사람이 맞드는 높이를 조절하면서 걸음을 옮길 때 보폭을 맞춰야 한다. 그래야 상을 엎지 않고 이동할 수 있다. 부부로 사는 데도 긴 상을 옮기는 것과 같은 이치가 적용되어야 할 테다.

새장에 갇힌 새

마야 앤절로Maya Angelou

자유로운 새는
바람을 등지고 날아올라
바람의 흐름이 멈출 때까지
그 흐름에 따라 떠다닌다.
그리고 그의 날개를
주황빛 햇빛 속에 담그고
감히 하늘을 자신의 것이라 주장한다.

하지만 좁은 새장에서
뽐내며 걷는 새는
그의 분노의 창살 사이로
내다볼 수 없다.
날개는 잘려지고
발은 묶여
그는 목을 열어 노래한다.
새장에 갇힌 새는 노래한다.
겁이 나 떨리는 소리로

잘 알지 못하지만 여전히

갈망하고 있는 것들에 관해.

그의 노랫소리는

저 먼 언덕에서도 들린다.

새장에 갇힌 새는

자유에 대해 노래하기 때문이다.

마야 앤절로는 1928년 미국 세인트루이스에서 태어난 아프리카계 미국인으로 토니 모리슨*Toni Morrison*, 오프라 윈프리*Oprah G. Winfrey* 등과 더불어 미국에서 영향력 있는 흑인 여성 중 한 사람으로 꼽힌다. 시인, 종신교수, 인권 활동가이고, 그 밖에 가수, 작곡가, 연극배우, 소설가, 극작가, 영화배우, 영화감독, 영화제작자, 여성 운동가, 저널리스트, 역사학자, 교육가, 강연가 등으로 활동했다. 16세에 미혼모가 되고 댄서, 트럭 운전, 자동차 정비 등을 하며 전전했다. 그 뒤 프리랜서 기자로 활동하며 글을 썼다. 1969년에는 자전 소설 『새장에 갇힌 새가 왜 노래하는지 나는 아네』가 큰 성공을 거두며 세계적 명성을 얻는다.

「새장에 갇힌 새」는 자기를 가둔 창살을 뚫고 날아올라 "감히 하늘을 자신의 것"이라고 주장하는 새를 찬미한다. "날개는 잘려지고 / 발은 묶여" 사는 삶에 순응하는 새는 여성을 은유한다. 앤절로는 여성들에게 자유를 짓누르는 현실에 저항하고 스스로 해방자가 되라고 독려한다. 또 다른 책에서는 "애야, 자기 자신은 스스로 보호할 줄 알아야 한다. 그러지 않으면

남한테 자기를 보호해달라고 부탁하는 바보처럼 보일 수 있어"라고 말한다. 앤절로는 한결같이 스스로를 보호하고, 자유와 독립적 생을 위해 여성 현실의 억압에 거역하는 이들의 용기를 북돋운다. 오직 비상하는 새만이 바람을 등지고 창공으로 날아오른다. 당신은 새장에 갇힌 새의 노래를 들어본 적이 있는가? 그 새가 노래하는 것은 자유에 대한 갈구일 것이다.

일용할 양식

세사르 바예호Cesar Vallejo

문이란 문은 다 두드려

낯모르는 이에게 안부를 묻고 싶다. 그러고는

숨 죽여 흐느끼는 가난한 이들을 만나

모두에게 갓 구운 빵 조각을 건네고 싶다.

한 줄기 강렬한 빛이

십자가에 박힌 못을 빼내어

성스러운 두 손으로

부자들의 포도밭에서 먹을 것을 훔치고 싶다!

아침의 속눈썹이여, 제발 일어나지 마라

내 몸의 뼈는 죄다 남의 것이다

아마도 다른 사람 몫을

내가 빼앗은 거겠지

내가 태어나지 않았다면,

다른 가난한 이가 이 커피를 마시련만!

나는 못된 도둑…… 어찌할거나.

이 차가운 시간, 흙이 인간의

먼지로 변하는 서글픈 시간,

문이란 문은 다 두드려,

낯모르는 이에게 용서를 빌고,

여기 내 가슴의 화덕에서

신선한 빵 조각을 구워주고 싶다!

세사르 바예호는 1892년 페루 북부 지방의 한 광산 촌에서 태어났고, 가난과 불운 속에서 어린 시절을 보냈다. 리마의 국립대학교를 졸업한 뒤 교사 생활을 하며 시를 썼다. 조국 페루를 떠나 프랑스와 스페인을 떠돌며 반파시스트 운동에 가담하고 현실 참여시를 잇달아 내놓았다. 1938년 4월 15일, 46세의 나이로 프랑스 파리에서 사망했다. 죽은 뒤에 페루의 국민 시인, 그리고 초현실주의적 미학으로 일가를 이룬 현대 라틴아메리카를 대표하는 시인으로 평가받는다.

　오늘 아침에 내가 먹은 한 조각의 빵은 어쩌면 누구의 몫을 훔친 것인지도 모른다. 숨죽여 흐느끼는 가난한 자들의 몫을 훔쳤다면 우리는 "못된 도둑"일 테다. 「일용할 양식」은 내 빵이 남의 몫일지도 모른다는 인식 위에 있다. 우리가 누군가에게 돌아갈 몫을 가로채어 삼키는 무뢰한이라는 한에서 "내 몸의 뼈는 죄다 남의 것이다"라는 깨우침은 뼈아픈 것이다. 시인은 거듭 "아마도 다른 사람 몫을 / 내가 빼앗은 거겠지"라고 통렬하게 스스로를 질타한다. 그런 돌아봄의 끝 간 데에서 돌연히 솟구치는 "내 가슴의 화덕에서 / 신선한

빵 조각을 구워주고 싶다!"라는 소박한 갈망이 어찌

숭고하고 아름답지 않으랴!

절정

매운 계절의 채찍에 갈겨
마침내 북방으로 휩쓸려오다.

하늘도 그만 지쳐 끝난 고원
서릿발 칼날진 그 위에 서다.

어디다 무릎을 꿇어야 하나
한 발 재겨 디딜 곳조차 없다.

이러매 눈 감아 생각해 볼밖에
겨울은 강철로 된 무지갠가 보다.

「절정」은 드물게 강렬한 의지가 작열하는 순간을 선사하는, 무섭게 아름다운 시편이다. 아울러 탁 트인 공간감이 답답한 가슴을 시원하게 한다. 시의 문면을 따라가며 읽으면 계절은 서릿발이 칼날처럼 서는 엄동설한이고, 장소는 찬바람이 채찍처럼 감기는 북방의 고원이다. 이 시공에 제 생을 세워야 하는 자의 마음은 삼엄한 결기로 가득 차 있다. 그 결기에는 "어디다 무릎을 꿇어야 하나"에서 드러나듯이 한 점의 망설임도 없는 단호한 자기희생에의 각오도 스민다.

「절정」의 절창은 마지막 구절에서 불가피하게 튕겨져 나온다. "겨울은 강철로 된 무지개"라는 광물적 이미지에 매개되는 수일한 은유에서 독자들은 서늘함을 느낄 수밖에 없다. "매운 계절"에 조응하는 무지개란 일종의 환각일 테다. 그것은 한계 상황을 넘어서는 강철 같은 마음에 서리는 비극적 황홀을 암시한다. 역사학자 도진순은 시인의 금강석같이 단단한 내면을 주목한다. 이육사의 시는 항일 독립단체에 투신하고 일본 제국주의에 맞섰던 그의 강철 같은 의지에서 나온 것이다. 도진순은 『강철로 된 무지개 : 다시 읽는 이육사』에서 "금강석 같은 내면이 일제의 삼엄한 검열망을 헤집고 나온 것이 육사의 시"라고 주장한다.

석류

폴 발레리|*Paul Valery*

알맹이들의 과잉에 못 이겨
속 보이게 벌어진 단단한 석류여,
숱한 발견으로 깨진
지상의 이마를 보는 듯하다!

너희들이 견딘 나날의 태양이,
오, 반쯤 속 보이게 벌어진 석류여,
오만으로 시달리는 너희로 하여금
애써 이룩한 홍옥의 칸막이를 찢었을지라도,

비록 말라빠진 황금의 껍질이
어떤 힘의 강압에 못 이겨
터져 나온 붉은 보석과 과즙이라 해도,

이토록 빛나는 균열은
비밀의 구조를 갖고 있는
내 옛날의 영혼을 생각나게 한다.

발레리의 시를 밀고 가는 동력은 차가운 이성이다. 그는 감정에 휘둘리는 법이 없다. 언제나 의식적 사고의 궤적을 하나의 결정체처럼 차갑게 응결시킨다는 점에서 발레리를 미의 세계를 빚는 이성적 기하학자라고 할 수도 있겠다.

「석류」에서도 시인의 개성은 여지없이 드러난다. 귀한 것들이 그렇듯이 보석들은 단단한 껍질에 둘러싸여 있다. 석류는 단단한 껍질 안에 붉은 보석을 알알이 품고 있는데, 이마가 깨져서 균열이 일어나야만 제 안의 홍보석을 공개할 수 있다. 시인은 "알맹이들의 과잉에 못 이겨 / 속 보이게 벌어진 단단한 석류"라고 노래한다. 이마의 파열은 내부의 성숙으로 생긴 절정에서 불가피하게 일어나는 사태다. 무엇이 석류를 무르익음으로 이끌고 그 씨앗을 알알이 여물게 했는가? 석류는 태양의 빛과 열을 품은 채 익어가는 과실이다. 석류를 깨물어 먹는 순간은 우리가 이 귀한 불의 씨앗들을 제 몸에 모시는 제의일 테다.

겨울밤

박용래

잠 이루지 못하는 밤 고향집 마늘밭에 눈은 쌓이리.

잠 이루지 못하는 밤 고향집 추녀 밑 달빛은 쌓이리.

발목을 벗고 물을 건너는 먼 마을.

고향집 마당귀 바람은 잠을 자리.

박용래는 1925년에 논산에서 태어났다. 일제강점기에 호남 명문인 강경상고를 나와 조선은행(지금의 한국은행)에 특채되었다. 해방 뒤 대전 등지에서 중학교 교사를 하며 향토색 짙은 시들을 연이어 써내며 주목받았다.

「겨울밤」은 "발목을 벗고 물을 건너는 먼 마을"을 소묘법으로 맵시 있게 그려낸다. 소리 내어 읽어보면 한겨울 밤 고향집 풍경이 선연하게 떠오른다. 시의 화자는 고향집에 돌아와 눕는데, 늦게까지 잠을 이루지 못한다. 잠자리에서 뒤척이는 사이 밤새 마늘밭에 눈이 쌓이고, 추녀 밑에 달빛이 쌓이는 광경은 황홀했을 것이다. 마당귀에 바람이 잘 때 비로소 깊은 잠에 빠진다. 박용래는 토속적 정서를 노래한 서정시인일 뿐만 아니라 언어의 내핍을 실천한 시인으로 기억될 만하다. 그가 시를 쓸 때는 가혹할 정도로 언어를 깎고 덜어낸 끝에 겨우 완성에 이른다. 「겨울밤」에서도 드러나듯이 최소의 언어로 최대의 의미를 지향했다.

우리의 생에서 반복되는 하루는 없다.

태어나서 사는 동안 똑같은 입맞춤,

똑같은 눈빛을 만날 수는 없다.

우리의 존재함은 돌이킬 수 없는 일회성으로만 견고하다.

우리 존재가 숭고하고 애틋하면서도 아름다운 것은

그것이 일회성으로 휘발되는 것이기 때문이다.

———————— /

5장

그래서 모든 날, 모든 순간에
저마다의 시가 있어야 한다

다른 이들을 생각하라

마흐무드 다르위시 *Mahmoud Darwish*

네 아침을 준비할 때 다른 이들을 생각하라

비둘기의 모이를 잊지 마라

네 전쟁을 수행할 때 다른 이들을 생각하라

행복을 추구하는 이들을 잊지 마라

네 수도 요금을 낼 때 다른 이들을 생각하라

빗물 받아먹고 사는 사람들을 잊지 마라

네 집으로 돌아갈 때 다른 이들을 생각하라

수용소에서 지내는 사람들을 잊지 마라

네 잠자리에 들어 별을 헤아릴 때 다른 이들을 생각
하라

잠잘 곳이 없는 사람들을 잊지 마라

네 자신을 은유적으로 표현할 때 다른 이들을 생각
하라

말할 권리를 빼앗긴 사람들을 잊지 마라

멀리 있는 다른 이들을 생각할 때 너 자신을 생각하라

말하라, "내가 어둠 속의 촛불이라면 좋으련만."

불행은 늘 멀리서 온다고, 불행의 총량은 누구에게나 균등하다고 믿었다. 살아 보니 그건 잘못된 믿음이었다. 나이 든 덕으로, 나는 불행이 균등하지 않을뿐더러 그것이 전생의 업도 아니라는 걸 깨쳤다. 불행은 우연이 빚은 사태이고, 가장 나쁜 불행조차 흩뿌려지는 빗방울같이 누구에게나 일어난다. 방관자로 잘 먹고 잘 사는 것은 잘못이다. 우리는 타인의 불행에 책임은 없을까? 이웃의 불행을 아파하지 않고 무심히 흘려보낸 채 얻은 면죄부는 정당한 것일까? 이웃의 불행과 고통에 야박하게 군 것은 얼마나 고약한 태도인가. 타인의 불행을 무감각하게 소비하고 냉담하다는 것은 우리가 영악한 이기주의자라는 뜻이다.

마흐무드 다르위시는 아침을 준비할 때 다른 이들을 생각하고 "비둘기의 모이를 잊지 마라"라고 이른다. 우리가 수도 요금을 낼 때도 다른 이들을 생각하고 "빗물 받아먹고 사는 사람들을 잊지 마라"라고 한다. 왜 다른 이들을 걱정해야 할까? 우리가 목전의 필요와 자기 갈망에만 사로잡혀 이웃의 불행에 한 줌의 연민이나 분노가 없다면 그건 의롭지 못한 일이다. 누군가 불행으로 고통을 받는데, 우리만 행복하다면 그건 수치스러운 일이다.

　당신이 아프면 나도 아프다. 당신이 슬프면 나도 슬프다. 다른 자리에서 다른 삶을 꾸리지만 우리는 상호연기相互緣起의 세계에서 살아간다. 저 안데스산맥의 오지에서 다리미질하는 페루의 소녀와 소매 긴 셔츠를 입고 장밋빛 황혼 아래 산책하는 나는 서로 연결돼 있다. 우리가 밥과 찬술을 마시며 기뻐할 때 누군가는 농사를 짓는 수고를 감당하고, 공들여 술을 빚는다는 사실을 잊어서는 안 될 테다.

유희는 끝났다

사랑하는 오빠, 언제 우리는 뗏목을 하나 엮어

하늘을 타고 내려올까요?

사랑하는 오빠, 곧 짐은 너무 무거워져

우리는 침몰하게 될 거예요.

사랑하는 오빠, 우리 종이 위에다

수많은 나라와 철로를 그려 보아요.

조심하세요, 여기 이 검은 선들 앞에서

오빠가 연필심을 타고 날아가지 않게요.

사랑하는 오빠, 그럼 나는 말뚝에

묶인 채 소리를 지르겠어요.

헌데 오빠는 어느 새 말을 타고 죽음의 계곡에서 빠

져나와 달리는군요.

이제 우리는 둘이 함께 도망치는 거예요.

집시의 여인숙에서 황야의 천막에서, 잠들지 말고 깨

어 있어요.

우리의 머리칼에서 모래가 흘러내리네요.

오빠의 나이, 나의 나이, 세계의 나이는

세월로 헤아려보는 게 아니지요.

교활한 가마귀, 끈끈한 거미의 손,

또 덤불 속에 묻힌 깃털한테 속지 말아요.

슐라라펜란트에서 먹고 마시지도 말아요.

그곳 냄비랑 항아리들에선 가상의 거품이 일거든요.

홍옥요정이 다니던 황금다리에선

그 말을 아는 자만이 승리했었지요.

그런데, 그 말은 지난번 정원에 내린

눈(雪)과 함께 녹아버렸답니다.

하고 많은 돌들 때문에 우리의 발에 상처가 났군요.

한쪽 발이 나았어요. 우리 이 발로 도약하도록 해요.

어린이왕이, 자신의 왕국으로 들어가는 열쇠를 입에

물고,

우리를 마중 나올 때까지, 그리고 이런 노래를 부르
도록 해요—

지금은 대추야자의 씨앗이 움트는 아름다운 계절!
추락하는 모든 것에는 날개가 달렸네요.
가난한 이의 수의에 장식단을 박는 것은 붉은 골무,
당신의 심랑엽이 나의 봉인 위에 떨어지네요.

이제 자러 가야겠어요. 사랑하는 이여, 유희는 끝났
답니다.
발꿈치로 살금살금 걸어서. 흰빛 속옷자락이 바람에
부풉니다.
아버지와 어머니는 말씀하셔요. 우리가 숨결을 나눌
때면,
집 안에서 유령이 나온다구요.

서울의 한 시립도서관 참고열람실에서 민희식 선생이 우리말로 옮긴 가스통 바슐라르*Gaston Bachelard*의 『초의 불꽃』을, 신구문화사에서 펴낸 『전후세계문학전집』에서 다자이 오사무의 「사양」을 읽으며 푸른 노트에 시를 썼다. 그 시절 내게 위안이 되었던 것은 바하만의 시 몇 편, 차이콥스키의 피아노 협주곡과 파가니니 바이올린 협주곡, 그리고 혼자 연모하던 K가 전부였다. 1년을 옷 한 벌로 버티며, 한 주간 신문사의 기자 채용 시험을 치렀다가 낙방한 뒤 종로의 르네상스와 명동의 필하모니를 드나들며 중편 소설을 썼다.

　　그 시절에 바하만의 시들에 빠졌다. 이 작품은 "추락하는 모든 것에는 날개가 달렸네요."라는 시구로 널리 알려진 시다. 시에 미쳐 있던 젊은 시절, 내 벗들 중 "집시의 여인숙에서 황야의 천막에서, 잠들지 말고 깨어 있어요."라고 속삭이는 바하만의 시를 좋아하지 않는 자가 없었다. 오빠에게 보내는 여동생의 나긋나긋한 청유형 말투가 우리 안에 스며든다. 시인은 삶과 죽음 사이에서 유희하는 존재를 응시한다. 어쩌면 생이란 대추야자의 씨앗이 움트는 계절이 그렇듯이 짧은 유희에 지나지 않는지도 모른다. 그 계절이 끝나면 만물은 쇠락하고 높은 데 있던 것들은 추락한다. 등불들은 꺼지고 밤이 깊어질 때 우리의 일은 잠드는 것뿐이다. 마지막 인사는 이게 좋겠다. "이제 자러 가야겠어요. 사랑하는 이여, 유희는 끝났답니다."

낙화

이형기

가야 할 때가 언제인가를
분명히 알고 가는 이의
뒷모습은 얼마나 아름다운가.

봄 한철
격정을 인내한
나의 사랑은 지고 있다.

분분한 낙화……
결별이 이룩하는 축복에 싸여
지금은 가야 할 때,

무성한 녹음과 그리고
머지않아 열매 맺는
가을을 향하여
나의 청춘은 꽃답게 죽는다.

헤어지자.

섬세한 손길을 흔들며

하롱하롱 꽃잎이 지는 어느 날

나의 사랑, 나의 결별

샘터에 물 고이듯 성숙하는

내 영혼의 슬픈 눈.

40년 전 어느 여름날, 한 젊은 여성이 맑은 목소리로 「낙화」를 조곤조곤 낭송했다. 지금도 "가야 할 때가 언제인가를 / 분명히 알고 가는 이의 / 뒷모습은 얼마나 아름다운가."라는 도입부의 구절은 인구에 회자된다.

　　한때 걱정으로 불같이 달아오른 몸으로 밤을 지새우던 연인이라도 헤어질 때는 깨끗이 단념하고 자유롭게 놓아주어야 한다. 그게 정결한 이별의 방식이다. 제발 헤어진 연인 주변을 서성이며 사생활을 염탐하는 지질한 짓을 하지는 말자. 그건 사랑이 아니라 구질구질한 행태, 범죄 행위에 지나지 않는다. 연인을 향한 사랑을 못 놓은 탓이라고 변명하지 말자. 그건 괴롭힘 그 이상도 이하도 아니다. 봄꽃이 피었다가 지듯이 사랑도 끝내야 할 때 미련 없이 돌아서야 한다. 그래야 결별을 축복을 이룩하는 밑거름으로 삼을 수 있다. 꽃이 져야 무성한 녹음을 거쳐 열매를 맺는 가을을 향하여 나아갈 수 있다. 오, "나의 사랑, 나의 결별"!

낙화

꽃이 지기로서니
바람을 탓하랴

주렴 밖에 성긴 별이
하나 둘 스러지고

귀촉도 울음 뒤에
머언 산이 다가서다

촛불을 꺼야 하리
꽃이 지는데

꽃 지는 그림자
뜰에 어리어

하얀 미닫이가
우련 붉어라

묻혀서 사는 이의

고운 마음을

아는 이 있을까

저어하노니

꽃이 지는 아침은

울고 싶어라

이형기의 「낙화」와 조지훈의 「낙화」 중에서 어느 시가 더 아름다운지를 견주는 것은 부질없다. 둘 다 마음에 새기고 싶은 시편들이다. 태어난 것은 죽고, 피어난 것은 진다는 것, 그것이 우주에 작동하는 순리다. '낙화'를 노래하는 시편들이 내심 일러주는 것은 태어나 죽고 덧없이 지는 것의 덧없음과 슬픔이다.

조지훈의 「낙화」는 꽃 지는 저녁의 서글픔을 노래한다. 이 시의 화자는 산골 같은 데서 고적하게 "묻혀서 사는 이"임이 분명할 테다. 혼자 사는 이의 고독이나 슬픔을 다 헤아릴 수는 없다. 꽃 지는 그림자가 뜰에 어리거나 창호지로 마감한 미닫이가 노을빛을 받아 우련 붉어지는 광경도 혼자 사는 이의 안복일 테다. "꽃이 지기로서니 / 바람을 탓하랴"라는 첫 연에서 이미 마음을 흔든다. 꽃이 피고 지는 일은 자연의 순환일 뿐이다. 바람 때문에 꽃이 지는 것은 아니라는 뜻이다. 봄밤에 꽃이 지는 건 어떤 인과성이 작동한 탓이 아니라 그저 우연이 겹쳐 일어난 사건일 뿐이다.

언덕 꼭대기에 서서 소리치치 말라

올라브 H. 하우게 Olav H. Hauge

거기 언덕 꼭대기에 서서

소리치지 말라.

물론 네 말은

옳다, 너무 옳아서

말하는 것이

도리어 성가시다.

언덕으로 들어가,

거기 대장간을 지어라.

거기 풀무를 만들고,

거기 쇠를 달구고,

망치질하며 노래하라.

우리가 들을 것이다.

듣고,

네가 어디 있는지 알 것이다.

진리를 깨쳤다고 주장하거나 정의를 외치는 이들은 많다. 그런 외침들이 올바르다고 하더라도 행동과 실천으로 옮겨지지 않는 한 순순히 받아들일 수가 없다. 올바른 주장이나 진리 따위는 먼저 의심해야만 속지 않을 수 있다.

　　노르웨이의 국민 시인 하우게는 옳은 말은 그 옳음 때문에 성가시다고 직설한다. 하우게는 다른 시편「모든 진리를 가지고 나에게 오지 말라」에서 "내가 목말라한다고 바다를 가져오지는 말라"라고 노래한다. 항상 큰 것은 과장이나 거짓이 섞이기 쉽다는 걸 알아차렸기 때문이다. 목마른 자에게는 물 한 컵으로 족하다. 살아 보니 한 점의 회의조차 허락하지 않는 진리가 가짜로 판명되는 사례가 드물지 않았다. 진리의 외피 안에 무서운 오류를 감추고 있는 경우는 얼마나 많은가. 좋은 세상을 만드는 것은 옳은 말을 입에 달고 사는 자들이 아니라 대장간에서 풀무를 만들고, 쇠를 달구고, 망치질하며 노래하는 자들이다.

바닷가에서

라빈드라나트 타고르*Rabindranath Tagore*

아득한 나라 바닷가에 아이들이 모였습니다.

가없는 하늘 그림같이 고요한데,

물결은 쉴 새 없이 남실거립니다.

아득한 나라 바닷가에

소리치며 뜀뛰며 아이들이 모였습니다.

모래성 쌓는 아이,

조개껍데기 줍는 아이,

마른 나뭇잎으로 배를 접어

웃으면서 한 바다로 보내는 아이,

모두 바닷가에서 재미나게 놉니다.

그들은 모릅니다.

헤엄칠 줄도, 고기잡이할 줄도,

진주를 캐는 이는 진주 캐러 물로 들고

상인들은 돛 벌려 오가는데,

아이들은 조약돌을 모으고 또 던집니다.

그들은 남모르는 보물도 바라잖고,

그물 던져 고기잡이할 줄도 모릅니다.

바다는 깔깔거리고 소스라쳐 바서지고,

기슭은 흰 이를 드러내어 웃습니다.

사람과 배 송두리째 삼키는 파도도

아가 달래는 엄마처럼,

예쁜 노래를 불러 들려줍니다.

바다는 아이들과 재미나게 놉니다.

기슭은 흰 이를 드러내며 웃습니다.

아득한 나라 바닷가에 아이들이 모였습니다.

길 없는 하늘에 바람이 일고

흔적 없는 물 위에 배는 엎어져

죽음이 배 위에 있고 아이들은 놉니다.

아득한 나라 바닷가는 아이들의 큰 놀이텁니다

타고르는 인도 콜카타 출신의 시인으로 1913년 동양인으로서 첫 노벨문학상을 수상한다. 157편을 엮은 시집『기탄잘리』는 1910년에 출간되었다. 타고르가 49세로 그의 문학이 한껏 무르익었을 때다. '기탄잘리'는 '신에게 바치는 송가'라는 뜻이라고 한다. 벵골어로 쓰인 이 시는 신에의 귀의를 주제로 다루는데, 감미롭다는 평가를 받았다. 시인 한용운이『기탄잘리』에 영감을 받아「님의 침묵」을 써냈다고 말하는 문학 연구자들도 있다. 타고르는「기탄잘리」에서 "임은 만물 속에 숨어 / 씨앗을 길러 싹 트게 하시고 / 봉오리를 만들어 꽃을 피우시고 / 풍성한 열매를 맺게 하셨습니다."라고 노래하는데, 한용운의 상상력과 겹치는 바가 있다.

아득한 나라의 바닷가에서 아이들은 천진난만하게 깔깔거리고 놀 뿐이다. 아이들이란 세상의 악에 물들지 않은 싱그러운 존재들이다. 아이들과 함께 바다도 깔깔거리고 소스라치게 놀라 부서지며 하얀 이를 드러내며 웃는다. 가끔 성난 바다는 "사람과 배 송두리째 삼키"기도 하지만 아이들은 바다를 두려워하지 않는다. 아이들과 바다는 친밀하고 어울림은 조화롭다. 그 친밀감과 조화는 죽음조차 깨트릴 수 없을 만큼 단단하다. 아이들이 영생의 존재인 듯 깔깔대며 노니는 그 아득한 나라의 바닷가는 어디일까? 그것은 우리가 잃어버린 어린 시절이 아닐까? 인간에게 어린 시절이란 회귀할 수 없는 피안과 같은 곳일 테니까.

검정뱀

메리 올리버

검정뱀 한 마리
아침 도로에 갑자기 나타났는데,
트럭이 미처 피하지 못했지 —
죽음, 그렇게 된 거지.

이제 뱀은 낡은 자전거 타이어처럼
둥글게, 쓸모없이 누워 있어.
나는 차를 세우고
뱀을 수풀로 옮기지.

뱀은 가죽 채찍처럼
차갑고 반짝거리지, 죽은 형제처럼
아름답고 조용하지.
나는 죽은 뱀을 낙엽 아래 두고

차를 몰고 떠나지, 죽음에 대해
생각하면서. 죽음의 돌연함,

그 끔찍한 무게,

그리고 필연성. 하지만

이성 아래 더 밝은 불이 타오르지, 몸은

언제나 그걸 더 선호해왔지.

그건 무한한 행운의 이야기.

망각에게 말하지: 난 아냐!

그건 모든 세포의 중심에 있는 빛.

뱀이 도로로 나오기 전

봄내 초록 잎사귀들 헤치고

행복하게 구불거리며 나아가게 한 힘이지.

「검정뱀」은 로드킬로 죽은 한 야생의 비명횡사에 대해 증언한다. 생명에게 닥치는 죽음의 돌연성과 끔찍함은 놀라운 바가 있다.

수풀에서 나온 검정뱀 한 마리가 아침 도로에서 부주의한 트럭 운전사가 모는 차에 치인다. 트럭은 달아나고 검정뱀은 도로 한가운데 누워 있다. 얼마 전까지 움직이던 검정뱀은 이제 "낡은 자전거 타이어"처럼 도로에 널브러져 있다. 그렇게 방치된 검정뱀의 사체는 "차갑고 반짝거"린다. 시의 화자는 차를 멈추고 검정뱀의 사체를 수풀 속 낙엽 아래로 옮겨주고 떠난다. 그건 누구도 슬퍼하지 않는 죽음에 대한 경건한 의식이다. 시인은 검정뱀을 인류보다 열등한 파충류의 일부가 아니라 "죽은 형제"로 느꼈던 것일까? 그 연민은 슬픔 속 다정함이다. 그런 까닭에 검정뱀은 죽었지만 아름답고 조용한 존재로 여겨지는 것이다. 모든 생명체에겐 이성 아래 불타오르는 빛이 있다. 그건 우리를 살아 있게 만드는 빛이다. "모든 세포의 중심에 있는 빛", 그건 뱀이 초록 수풀을 헤치고 행복하게 나아간 동력이었을 테다.

엄마야 누나야

김소월

엄마야 누나야 강변 살자.

뜰에는 반짝이는 금모래빛,

뒷문 밖에는 갈잎의 노래

엄마야 누나야 강변 살자.

2000년대 초, 한 시 전문 계간지가 시인과 평론가 100명에게 20세기에 활동한 위대한 시인 열 명을 선정해달라는 설문을 냈다. 시인들이 가장 많이 꼽은 드높은 시적 성취를 이룬 시인은 김소월이다. 소월은 민중의 한과 슬픔으로 덧난 상처를 보듬은 민족 시인이고, 우리 서정시의 산맥에서 우뚝 솟은 큰 봉우리다. 1926년에 초판이 나온 이래『진달래꽃』은 여러 출판사에서 숱한 판본으로 출판되었다. 판매 부수가 공식 집계된 적은 없지만 이 땅의 영원한 베스트셀러일 게 분명하다.

　　「엄마야 누나야」의 화자는 소년이다. 순진무구한 소년은 강변에서 단란한 꿈을 꾸며 살고 싶다는 소망을 피력한다. "뜰에는 반짝이는 금모래빛, / 뒷문 밖에는 갈잎의 노래"에 따르면 그곳은 사계절 내내 아름답고 목가적인 환경일 테다. "엄마야 누나야"라고, 소년은 그 목가적 삶에 엄마와 누나를 콕 집어 초대한다. 왜 아버지와 형이 아니었을까? 평론가 이어령은 '남성과 문명', '여성과 자연'의 대립이 이 시의 골격이라고 말한다. 이어서 "강변 살자"라는 소년의 소망에는 "여성 공간의 희망적 메시지 속에 '강변에서는 도저히 살수 없는' 남성 공간의 절망적 언어가 깔려 있다"고 해석한다. 내 해석도 거기서 크게 벗어나지 않는다. 아빠와 형보다는 엄마와 누나가 심정적으로 더 가깝고 다정한 존재로 다가왔을 테다. 소년이 엄격한 위계 관계에 있는 부성보다 너그러운 모성에 이끌리는 건 당연하다. 그렇지만 그 꿈은 이루어지기 어려워 보인다. 그토록 수려한 풍경을 거느린 장소라면 잇속에 밝은 부동산 업자들이 그냥 놔두었을 리가 없다.

고양이가 돌아오는 저녁

송찬호

고양이가 돌아오는 저녁,

입안의 비린내를 헹궈내고
달이 솟아오르는 창가
그의 옆에 앉는다

이미 궁기는 감춰두었지만
손을 핥고
연신 등을 부벼대는
이 마음의 비린내를 어쩐다?

나는 처마 끝 달의 찬장을 열고
맑게 씻은
접시 하나 꺼낸다

오늘 저녁엔 내어줄 게
아무것도 없구나

여기 이 희고 둥근 것이나 핥아보렴

어떤 시는 예언자 없는 시대의 메마른 삶과 속화된 욕망이 어떻게 꿈틀거리는가를 보여준다. 인간의 원형적 상상력에서 고양이와 달은 일란성 쌍둥이다. 달 뜬 저녁에 고양이가 돌아오는데, 이것은 두 겹의 의미를 내포한다. 저녁이 가출한 고양이가 돌아오는 시각이라는 것, 그리고 고양이가 자주 집을 비우고 나간다는 점이다. 고양이는 늘 배고픈 마음, 채워지지 않는 욕망, 궁기와 배고픔으로 헐떡인다. "처마 끝 달의 찬장"은 처마 끝의 달을 묘사한다. 태양이 굳건한 남성의 이성이고 그것이 세상을 주재한다. 달은 여성의 감성이고 늘 변하기 쉬운 것의 표상이다. 달은 상현에서 만월로 차올랐다가 하현에는 다시 야위는데, 이는 여성의 감정이 시시각각으로 변하며 종잡을 수 없는 것과 닮았다.

고양이가 배고파져서 돌아오지만 그걸 해결할 방법은 없다. 둥근 달은 떴는데, 마음은 헛헛하다. 그래서 고양이에게 빈 접시를 내밀며 "여기 이 희고 둥근 것이나 핥아보렴"이라고 한다. 멕시코 시인 옥타비오 파스*Octavio Paz*에 의하면 "시는 실재에 대한 배고픔"이다.

왜 아니겠는가? 시인은 항상 세계의 가난을 산다. 그들은 열등한 형제, 패배한 자들, 굶주린 자들의 벗으로 동행한다. 우리 존재의 한가운데는 결핍으로 움푹 패어 있다. 고양이의 배고픔도 실재에 대한 배고픔이다. 달은 희고 둥근 접시라는 이미지로 전화轉化한다. 달이 희고 둥근 접시라는 이미지로 탈바꿈할 때 돌올하게 드러나는 것은 욕망하는 자의 배고픔이다.

일곱 번째 사람

아틸라 요제프 *Attila Jozsef*

세상에 나가면

일곱 번 태어나라 —

불난 집에서

눈보라 치는 빙원에서

광란의 정신병원에서

바람이 휘몰아치는 밀밭에서

종이 울리는 수도원에서

비명을 지르는 돼지 우리 속에서

여섯 아이가 울었어도 충분하지 않아 —

너 자신이 일곱 번째 아이라야 해!

생존을 위한 싸움을 할 때에는

적에게 일곱 사람을 보여라 —

일요일 하루는 쉬는 사람

월요일에 일하기 시작하는 사람

대가 없이 가르치는 사람

물에 빠져 수영을 배우는 사람

숲을 이룰 씨앗이 되는 사람

야만의 선조들이 보호해 주는 사람

하지만 그들의 재주로는 충분하지 않아—

너 자신이 일곱 번째라야 해!

사랑하는 사람을 원하면

일곱 남자를 보내라—

가슴을 담아 말하는 남자

자신을 돌볼 줄 아는 남자

꿈꾸는 사람임을 자부하는 남자

스커트로 그녀를 느낄 수 있는 남자

호크와 단추를 아는 남자

단호한 태도를 취하는 남자

그들이 날벌레처럼 그녀의 주위를 맴돌게 하라—

그리고 너 자신이 일곱 번째라야 해!

그리고 할 수만 있다면 시인이 되어라

시인은 일곱 사람으로 이루어진다—

대리석 마을을 짓는 사람

꿈을 타고난 사람

하늘의 지도를 그릴 줄 아는 사람

언어의 선택을 받은 사람

자신의 영혼을 만들어 가는 사람

쥐를 산 채로 해부할 줄 아는 사람—

둘은 용감하고 넷은 슬기롭지만

너 자신이 일곱 번째라야 해

이 모든 것을 이루고 죽으면

일곱 사람이 묻힐 거야—

품에 안겨 입에 젖을 문 사람

젊은 여자의 단단한 가슴을 쥔 사람

빈 접시를 내던지는 사람

가난한 사람들이 이기도록 도와주는 사람

몸이 부서지도록 일하는 사람

밤새도록 달을 바라보는 사람, 그러면

세상이 너의 비석이 될 거야—

너 자신이 그 일곱 번째 사람이라면

아틸라 요제프는 헝가리 국민 시인으로 1905년 부다페스트에서 태어났다. 비누 공장 노동자인 아버지와 세탁부인 어머니 사이에서 태어났다. 어린 시절에 "강제 노역이라는 종신형 처벌"을 받고 지독한 가난을 겪는다. 평생 서른 몇 개의 일자리를 전전하고, 쓴 책들은 압수당하고, 정치 선동과 외설이라는 이유로 법적 처벌을 받으며 정신병원을 들락거렸다. 노동자나 시인은 조금씩 피를 쓰다가 투명해지는 존재일까. 요제프는 1937년 화물열차에 몸을 던져 생을 마쳤다. 32세, 단명이다.

일곱 번 태어난 사람이라면 죽어서도 일곱 번째 사람으로 묻힐 테다. 「일곱 번째 사람」은 한 사람이 완전한 존재로 거듭나려면 일곱 겹의 '살이'를 겪어야 한다는 전언을 담는다. 어떻게 일곱 번의 생을 살아낼 수 있을까? 일곱 번의 생을 살아낸 사람은 "품에 안겨 입에 젖을 문 사람 / 젊은 여자의 단단한 가슴을 쥔 사람 / 빈 접시를 내던지는 사람 / 가난한 사람들이 이기도록 도와주는 사람 / 몸이 부서지도록 일하는 사람 / 밤새도록 달을 바라보는 사람", 그리고 세상을 자신의 비석으로 세울 수 있는 사람이다. 한 번으로 부족해서 일곱 번 태어나고, 일곱 번의 생을 살아남아야 시인으로 거듭날 수 있는 것이다.

일곱은 여럿이고, 다수로 이루어진 무리다. 프랑스 철학자 들뢰즈*Gilles Deleuze*와 가타리*Félix Guattari*의 철학 용어를 빌리자면, 일곱은 복수성 그리고 다양체를 의미한다. 늑대 한 마리는 이미 무리다. 늑대는 늑대의 눈, 늑대의 발톱, 늑대의 날카로운 송곳니의 결합체인 한에서, 즉 분자적 복수성의 형태로 분배된 신체라는 점에서 그렇다. 늑대는 신체의 강밀도와 강밀도의 분포에 따라서 실체를 생산하고 변환하면서 무리로 거듭난다. 한 사람은 욕망의 다양한 변용과 무의식의 복합성이라는 측면에서 여럿이다. 시인이 상상-기계, 무의식-기계, 느낌-기계라는 맥락에서 시는 상상-기계, 무의식-기계, 느낌-기계가 만든 생산의 결과물이다. 시가 다양성을 품은 신체의 무의식과 욕망의 생산이라면 시인 한 사람은 이미 '일곱'이다. 시인은 복수로 현실을 가로지르고, 항상 리좀*rhizome*적 다양체로 살기 때문이다.

그 먼 나라를 알으십니까

신석정

어머니
당신은 그 먼 나라를 알으십니까?

깊은 삼림대를 끼고 돌면
고요한 호수에 흰 물새 날고
좁은 들길에 들장미 열매 붉어
멀리 노루새끼 마음 놓고 뛰어다니는
아무도 살지 않는 그 먼 나라를 알으십니까?

그 나라에 가실 때에는 부디 잊지 마셔요
나와 같이 그 나라에 가서 비둘기를 키웁시다

어머니
당신은 그 먼 나라를 알으십니까?

산비탈 넌즈시 타고 나려오면
양지밭에 흰 염소 한가히 풀 뜯고

길 솟는 옥수수 밭에 해는 저물어 저물어

먼 바다 물소리 구슬피 들려오는

아무도 살지 않는 그 먼 나라를 알으십니까?

어머니 부디 잊지 마셔요

그때 우리는 어린 양을 몰고 돌아옵시다

어머니

당신은 그 먼 나라를 알으십니까?

오월 하늘에 비둘기 멀리 날고

오늘처럼 촐촐히 비가 나리면

꿩 소리도 유난히 한가롭게 들리리다

서리가마귀 높이 날어 산국화 더욱 곱고

노란 은행잎 한들한들 푸른 하늘에 날리는

가을이면 어머니! 그 나라에서

양지밭 과수원에 꿀벌이 잉잉거릴 때

나와 함께 고 새빨간 능금을 또옥똑 따지 않으렵니까?

신석정은 전북 부안 출신의 시인이다. 1927년에「기우는 해」를 내놓으며 문단에 나왔다. 1974년 고향집에서 고혈압으로 사망할 때까지 47년 동안 낭만주의적 정서를 담은 서정시를 썼다. 시인은 첫 시집 『촛불』과 두 번째 시집 『슬픈 목가』를 통해 목가적 서정시의 경향을 드러냈다. 하지만 일제강점기 때는 검열과 탄압에 굴하지 않고 저항시를 썼다. 4.19와 5.16을 거치는 동안에도 시인의 자존감을 꺾지 않고 독재에 꿋꿋하게 맞섰다.

우리 시 중에 동경과 목가적 꿈을 이토록 곱게 아로새긴 시가 있을까? 어머니를 호명하며 이어지는 감미로움이 가득한 구절들은 우리 안의 깊은 정서를 자극한다. 내 기억에 이만한 목가풍의 서정시는 없다. 먼 나라에 대한 동경은 역설적으로 현재의 삶에 드리워진 황폐함과 곤핍감을 환기시킨다. 시인이 동경하는 먼 나라는 어떤 나라인가? "고요한 호수에 흰 물새 날고 / 좁은 들길에 들장미 열매 붉어 / 멀리 노루새끼 마음 놓고 뛰어다니는" 나라이고, "양지밭에 흰 염소 한가히 풀 뜯고 / 길 솟는 옥수수 밭에 해는 저물어 저물어 / 먼 바다 물소리 구슬피 들려오는" 나라다. 이 나라는 "아무도 살지 않는" 나라라는 점에서 세상엔 없는 유토피아에 더 가깝다.

석류

조운

투박한 나의 얼굴
두툼한 나의 입술

알알이 붉은 뜻을
내가 어이 이르리까

보소라 임아 보소라
빠개 젖힌
이 가슴.

조운은 1900년 7월 22일 전남 영광에서 태어났다. 목포고등상업학교를 졸업하고 3·1운동에 가담하기도 했다. 젊은 시절에는 청년들과 청년회와 영농회를 결성해 독립운동을 하다가 수배를 당하자 추적을 피해 만주와 시베리아 등지를 떠돌았다. 1922년 고향으로 돌아와 영광중학교 등에서 교편을 잡았다. 1947년에 펴낸 『조운시조집』엔 107수 76편의 시가 실려 있다. 1949년 가족을 동반해 월북한 뒤 조선민주주의인민공화국에서 시조 작가로 활동하며 대학교수를 지냈다. 시인이 월북한 뒤 언제 어디서 죽었는지는 딱히 밝혀진 바가 없다.

사랑하는 이의 정념을 홍보석 같은 속을 내비치는 석류로 등치시킨 정형시 「석류」는 조운 시인의 역작이다. 초장에서는 제 용모의 투박함을 고백하는데, 그것은 용모에 국한하는 게 아니다. 아마도 임의 섬세함과 견줘지는 자기 자아의 투박함이기도 할 테다. 중장에서는 누군가를 연모하는 마음을 파열하듯이 드러낸다. 사랑은 감출 수가 없는 그 무엇이다. 그것은 불꽃이자 제 깊은 속내에서 "알알이 붉은 뜻"에 수렴되어 세계에 그 실체를 드러낸다. 이 시의 빛나는 대목은 종장이다. "보소라 임아 보소라 / 빠개 젖힌 / 이 가슴."은 다시 읽어도 절창이다. 가슴을 "빠개 젖힌"다는 표현에서 심장이 쿵 소리를 내며 무너진다. 가슴을 빠개 젖히는 아픔을 감내하는 사랑이란 어떤 사랑인가?

땅 위의 돌들

이 시는 땅 위에 깔려 있는 돌들에 관한 것이다.

보통 돌들, 그들 중 반은 태양을 보지 못할,

회색빛 보통 돌들,

보통 돌들——비문碑文 없는 돌들.

우리의 걸음걸음을 받아들이는 돌들,

태양 아래선 하얗고, 밤이면

물고기의 붉거진 눈 같아져 버리는 돌들,

우리의 걸음걸음을 가루로 만드는 돌들,

영원한 양식의 영원한 맷돌.

우리의 걸음걸음을 받아들이는 돌들,

검은 물 같은 회색빛 돌들,

자살자의 목을 장식하는 돌들,

분별력으로 연마된 보석 돌들.

어느 날 '자유'라고 새겨지게 될 돌들,

어느 날 거리를 포장하게 될 돌들,

감옥을 짓게 될 돌들,

아니면 아무런 연상도 불러일으키지 않는 돌처럼

그냥 그대로 제자리에 남겨질 돌들.

이렇게

돌들은 땅 위에 깔려 있다,

물 한 방울 짜낼 수 없는 돌들,

목덜미를 연상시키는 보통 돌들,

보통 돌들, —비문 없는 돌들.

조지프 브로드스키는 땅 위에 뒹구는 돌들을 관찰하고 비범하게 그 미래와 운명을 꿰뚫어 보며 한 편의 시를 빚어낸다. 이를테면 "물 한 방울 짜낼 수 없는 돌들" 같이 적확한 표현은 집요한 관찰과 상상의 산물이다. 세상의 많은 돌들은 하찮고 흔한 것들의 부류에 속한다. 낮엔 태양 아래 하얗게 빛나고, 밤엔 어둠 속에서 "물고기의 불거진 눈"으로 변신한다. 아무런 표식도, 비문도 적혀 있지 않은 돌들은 제 미래 운명에 대해서도 가늠하지 못한다. 돌들은 제 몸에 '자유'라는 문자가 새겨지게 될지, 거리를 포장하는 재료로 쓰일지, 시멘트와 뒤섞여 감옥을 건축하는 기초가 될지를 알지 못한다. 도대체 이 무용한 것들은 무엇인가? "보통 돌들,—비문 없는 돌들."이란 땅 위에 흩어진 인간 군상의 표상이 아닌가? 어쩌면 우리는 미래에 무엇이 될지 모른 채 뒹구는 존재들이 아닌가?

북청 물장수

김동환

새벽마다 고요히 꿈길을 밟고 와서
머리맡에 찬물을 쏴아 퍼붓고는
그만 가슴을 디디면서 멀리 사라지는
북청 물장수

물에 젖은 꿈이
북청 물장수를 부르면
그는 삐걱삐걱 소리를 치며
온 자취도 없이 다시 사라져 버린다

날마다 아침마다 기다려지는
북청 물장수

김동환은 1901년에 태어나 일제강점기에 활동한 시인이다. 1921년 일본 도쿄 도요대학교에서 영어영문학을 공부했다. 1923년 관동대지진 때 대학교를 중퇴하고 돌아와 조선일보와 동아일보 기자로 재직했다. 그 뒤 종합 월간지 《삼천리》와 문학지 《삼천리문학》을 꾸리며 북방적 정서가 도드라진 시를 썼다. 장편 서사시집 『국경의 밤』으로 문단의 주목을 받았으나 해방 뒤 친일 부역 혐의로 반민 특위에 주요 피고인으로 고발되어 재판을 받았다. 1950년 한국전쟁 때 인민군에 의해 납북되었다가 1958년경 사망한 것으로 추정된다.

「북청 물장수」를 처음 읽은 것은 시가 뭔지도 모른 채 시를 끼적이던 시절이다. 북청北靑이 어느 지역에 붙어 있는지조차도 몰랐다. 하지만 그 모름이 부끄럽지는 않았다. 어린 시절의 무지는 앎에 견줘 조금도 부끄러운 일이 아니었을 테다. 시의 내용은 단조롭다. 북청 물장수, 북청 물장수, 북청 물장수, 하고 중얼거리면 저 먼 곳에서 북청 물장수가 달려올 듯하다. 물장수는 새벽마다 꿈길을 밟고 와서 머리맡에 찬물을

퍼붓고는 사라진다. 그런 까닭에 화자의 꿈은 늘 물에
젖는다. 꿈이 물에 젖는다는 발상이 동화같이 천진해
서 그토록 끌렸나 보다.

가을 저녁의 말

장석남

나뭇잎은 물든다 나뭇잎은 왜 떨어질까?
군불 때며 돌아보니 제 집으로 들어가기 전 마지막
으로 꾸물대는 닭들

욱박질린 달이여

달이 떠서 어느 집을 쳐부수는 것을 보았다
주소를 적어 접시에 담아 선반에 올려놓고

불을 때고 등을 지지고
배를 지지고 걸게 혼잣말하며
어둠을 지졌다

장마 때 쌓은 국방색 모래자루들
우두커니 삭고
모래는 두리번대며 흘러나온다
모래여

모래여

게으른 평화여

말벌들 잉잉대던 유리창에 낮은 자고

대신 뭇 별자리들 잉잉대는데

횃대에서 푸드덕이다 떨어지는 닭,

다시 올라갈 수 있을까?

나뭇잎은 물든다

장석남의 시는 맑고 깨끗하여 일체의 요설을 용납하지 않는다. 그는 생명 긍정을 관조적 서정으로 견인하는데, 그 생명 긍정은 지난 불같던 독재 시대, 저 찢김과 죽음의 연대가 만든 죽임의 문화에 감염된 내면의 독성과 부정을 걸러낸 뒤에 얻은 것이다.

「가을 저녁의 말」은 가을 저녁 한때의 적막한 풍경을 소묘한 시다. 가을 저녁의 적막은 둥글다. 이 둥근 적막 속에서 무슨 일인가가 일어난다. 나뭇잎은 단풍 져 물들고, 몇 잎은 지상으로 떨어진다. 이미 어둑해졌지만 마당에서 놀던 닭은 닭장 안으로 들어서는 게 못내 아쉽다는 듯 주춤거린다. 이윽고 달이 불끈 솟아 마당과 지붕을 환하게 비추는 동안 구석에 쌓인 국방색 모래자루는 삭아서 제 안의 모래를 밖으로 밀어 내보낸다.

가을 저녁밤 풍경에 그득한 것은 적막이고, 그 적막 속에 스민 "게으른 평화"일 테다. 그것들은 손쓸 틈도 없이 천지간으로 번진다. 적막은 팽팽하며 부피를 늘리고, 뭇 별자리들은 잉잉댄다. 어둠 속에서 횃대에 오른 닭은 공연히 푸드덕이다 바닥으로 추락하는데, 이것은 가을 저녁의 적막을 깨는 큰 소동이다. 소동이 가라앉고 난 뒤 추락한 닭은 다시 횃대로 올라갈 수 있을까? 이런 가을 저녁의 적막과 소동에 귀를 기울이던 찰나는 우리 생애가 잠시 머물던 영원한 찰나가 아니었을까?

출처

- 김사인 저___『가만히 좋아하는』, 창비, 2006.
- 나태주 저___『꽃을 보듯 너를 본다』, 지혜, 2015.
- 메리 올리버 저___민승남 옮김, 『기러기』, 마음산책, 2021.
- 박규리 저___『이 환장할 봄날에』, 창비, 2004.
- 박재삼 저___『울음이 타는 가을강』, 시인생각, 2013.
- 송찬호 저___『고양이가 돌아오는 저녁』, 문학과지성사, 2009.
- 실비아 플라스 저___박주영 옮김, 『실비아 플라스 시 전집』, 마음산책, 2022.
- 아틸라 요제프 저___공진호 옮김, 『세상에 나가면 일곱 번 태어나라』, 아티초크, 2024.
- 엘라 윌러 윌콕스 저___ 이루카 옮김, 『고독의 리듬』, 아티초크, 2024.
- 올라브 H. 하우게 저___황정아 옮김, 『내게 진실의 전부를 주지 마세요』, 실천문학사, 2008.
- 월트 휘트먼 저___ 허현숙 옮김, 『풀잎』, 열린책들, 2011.
- 이동순 편___『조운 문학전집』, 소명출판, 2018.
- 잉게보르크 바하만 저___차경아 옮김, 『삼십세』, 문예출판사, 2000.
- 장석남 저___『고요는 도망가지 말아라』, 문학동네, 2012.
- 최승자 저___『이 시대의 사랑』, 문학과지성사, 1999.
- 황인숙 저___『새는 하늘을 자유롭게 풀어놓고』, 문학과지성사, 1988.

흔들리는 인생을 감싸줄 일흔일곱 번의 명시 수업 ———

삶에 시가 없다면
너무 외롭지 않을까요

초판 1쇄 발행 2024년 10월 25일
초판 3쇄 발행 2024년 11월 29일

지은이 장석주
펴낸이 김선준

편집이사 서선행
기획편집 배윤주 **편집2팀** 유채원 **디자인** 김예은 **표지 일러스트** 조현진
마케팅팀 권두리, 이진규, 신동빈
홍보팀 조아란, 장태수, 이은정, 권희, 유준상, 박미정, 이건희, 박지훈
경영관리팀 송현주, 권송이, 정수연

펴낸곳 ㈜콘텐츠그룹 포레스트
출판등록 2021년 4월 16일 제2021-000079호
주소 서울시 영등포구 여의대로 108 파크원타워1 28층
전화 02)332-5855 **팩스** 070)4170-4865
홈페이지 www.forestbooks.co.kr
종이 ㈜월드페이퍼 **출력·인쇄·후가공** 더블비 **제본** 책공감

ISBN 979-11-93506-77-6 (03800)

㈜콘텐츠그룹 포레스트는 독자 여러분의 책에 관한 아이디어와 원고 투고를 기다리고 있습니다. 책 출간을 원하시는 분은 이메일 writer@forestbooks.co.kr로 간단한 개요와 취지, 연락처 등을 보내주세요. '독자의 꿈이 이뤄지는 숲, 포레스트'에서 작가의 꿈을 이루세요.

시는 가혹할 정도로

언어를 깎고 덜어낸 끝에 겨우 완성에 이른다.

최소의 언어로 최대의 의미를 지향하는 것, 바로 시다.